〔挪威〕比昂斯滕·比昂松 ◎ 著

郭智石　李丽霞 ◎译

挑战的手套

海峡出版发行集团
THE STRAITS PUBLISHING & DISTRIBUTING GROUP | 海峡文艺出版社
Haixia Literature & Art Publishing House

图书在版编目(CIP)数据

挑战的手套/(挪)比昂斯滕·比昂松著;郭智石,李丽霞译. 一福州:海峡文艺出版社,2017.8(2023.9 重印)
(诺贝尔文学奖大系)
ISBN 978-7-5550-1183-5

Ⅰ.①挑⋯ Ⅱ.①比⋯②郭⋯③李⋯ Ⅲ.①话剧剧本－作品集－挪威－近代 Ⅳ.①I533.34

中国版本图书馆 CIP 数据核字(2017)第 144590 号

诺贝尔文学奖大系

挑战的手套

[挪威]比昂斯滕·比昂松　著　郭智石　李丽霞　译

责任编辑　林鼎华
出版发行　海峡文艺出版社
经　　销　福建新华发行(集团)有限责任公司
社　　址　福州市东水路 76 号 14 层
发 行 部　0591－87536797
印　　刷　福州俊丰彩印有限公司
地　　址　福州市晋安区鼓山镇鼓一村福光路 189 号
开　　本　889 毫米×1194 毫米　1/32
字　　数　155 千字
印　　张　6.75
版　　次　2017 年 8 月第 1 版
印　　次　2023 年 9 月第 3 次印刷
书　　号　ISBN 978-7-5550-1183-5
定　　价　41.00 元

如发现印装质量问题,请寄承印厂调换

颁奖辞

瑞典学院常任秘书 C.D.威尔逊

1903年的诺贝尔文学奖候选人中，不少久负盛名于欧罗巴的作家们正等待着瑞典学院的评定。当然，我们定然会将比昂斯滕·比昂松先生列入首选名单。今天，这位出色的作家也出现在此番典礼中，我们不胜荣幸。遵循以往的惯例，首先，我要以客观公正的视角对瑞典学院为他颁奖一事做出说明，其次，我会说一些自己的看法。

比昂松在整个瑞典文学界中大有声望，其人品和作品有目共睹，因为时间关系，我便不再就此置喙。

比昂松出生于挪威北部的克维尼峡谷里，与担任神职的父亲一起生活，伴着轻快的流水声长大。之后，由于父亲调职，他随迁至兰格优尔德、艾德斯瓦格和埃利斯优尔德通道上罗姆斯达山谷的奈斯塞特去居住。

两个峡谷之间孕育着一块秀丽的山地，比昂松就与自己的同胞生活在这里，其乐融融，以至于他渐渐爱上此间淳朴的乡野民风。休息时，他常跑至山峦间、云海处去观赏日落，甚至向老农讨教稼穑之事。上学时，他的成绩在莫尔德的学校里并不突出。当然，我们不可以此片面地看待这位伟大的作家，彼时的他，刚刚开始接触便疯狂爱上了挪威作家斯特尔森、阿斯班尔生、欧林斯拉哥和英国作家司各特的书。17岁时，他参加了奥斯陆大学的入学考试，整整考了三年，才算迈进了该所大学的校门。

据比昂松本人称，他是在参加完1856年的第一届阿普瑟拉学生大会后开始进行文学创作的。起初，他以灿若烂锦的辞藻描绘了夕阳下的李达尔霍姆教堂与夏天的斯德哥尔摩城。之后仅用了两个星期，他便完成《战役之间》，接着又创作了许多优秀的戏剧，在这些作品中，最让人惊叹的要数《阳光之山》。从此以后，他的写作之路十分顺畅，优秀的作品如清泉一般，源源不断地流向世界各地。

比昂松的优势不局限于戏剧与史诗，同时他写抒情文字也甚是优美。《阿恩尼》与《快乐男孩》出版后，他被人们奉为当代的写实大师，那些忧郁阴暗的情节中所活跃的角色，都是中世纪冒险犯难的英雄；他当然有依据将农夫当作北欧的中世纪英雄，然后，又以白描的手法刻画出那些人朴实的言行举止。这样的写法虽有过誉之嫌，但始终没有脱离现实。

1861—1862年，比昂松陆续创作出《斯威尔国王》《救世主西格尔特》和《西格尔特恶王》。在后者的创作中，他以个人对奥希尔德的敬仰，将整部剧作的气氛铺陈开来，明朗又清晰，救世主芬尼皮德最后在紧要关头出现在北方那一片万众瞩目的曙光中，让所有人都兴奋不已。1864年的悲情剧《苏格兰的斯图亚特》和1874年的现代生活剧《主编》《破产者》，毫无疑问，也都受到了大众的一致肯定。

在1989年创作的《郎格与帕司堡》中，比昂松描写了一个丝毫不见激情之波澜的爱情故事，在1901年的《工作》中，他大力赞扬文明理性的生活方式，对情欲放纵的私生活表达出十足的反感。之后的创作中，他借《斯托霍沃》向一位长期勤勤恳恳维持生计，且无私无畏的玛戈蕾塔女士献上自己崇高的敬意。从这类剧作所宣扬的理念中，我们不难看出，比昂松从不离经叛道，是一位乐观向上且情操高尚的人。比昂松一直坚守着自己的底线，从不被那些声色犬马、光怪陆离的诱惑所影响。

曾有人向我们提议，希望可以多提携青年作家，将诺贝尔文学奖颁发给他们，既然如此，我想今年学院评审会的这一决定应该是众望所归的。我们将这份荣耀颁给已经71岁却仍在坚持创作的比昂松先生。到去年为止，他的新作《斯托霍沃》仍然受到大家所追捧。正是这样具有青年一样的创作活力的作家，才能给人带来无穷的精神力量。

比昂松总是能用最简单的语句给人意想不到的惊喜，他的抒情诗自然而不做作，能以温情的方式打动人心，如汩汩的清泉。许多的谱曲家看到他和谐的韵调之后，都会把它们整理谱曲后做成歌曲，供人传唱。我们几乎找不到任何一个国家的国歌，能像挪威《是的，我们永远爱此乡土》那样悠扬动听，而这正出自伟大的比昂松先生之手。当《阿尔恩里奥·吉尔兰》这首歌响起时，我相信，诸位会和我一样激情澎湃，感想良多。望着挪威那绵长的海岸，感受着海风轻抚，想想这位伟大的作家，想想来日方长，无论是谁，都会不由自主地哼起那首舒缓的《月光曲》。

比昂松先生，您有着纯真高洁灵魂，您的作品也对人们怀有相似的期望，您的剧作《挑战的手套》所宣扬的，正是时下我们的文学界所需要的。您在写作上的伟大成就，予后人以奋进的精神力量。您的诗歌剧作，完全发乎于生活领悟及自我认知。您本人有着高尚的道德追求与积极乐观的生活态度，本源于此，您的作品在人们心中的地位也越发崇高。因此，鄙院决定将今年的诺贝尔文学奖颁发与您，以示我们的高山仰止之情。

现在，大家恭请国王陛下颁发这一奖项。

致答辞

比昂松

我相信现在世界各地的人们，都会觉得，我得到的这一奖项是弥足珍贵的一份大礼。这些年来，我与我的民族同胞竭尽全力地希望挪威在联合国里得到平等公正的对待。曾几何时，挪威由于同瑞典有着姻亲关系，而一起接受了瑞典的腓特烈王族统治，这样的政治组成方式在政治学上被称为联合公国。但有所不同的是，挪威虽与瑞典一起接受统治，但实际上却没有得到平等对待。如此对平等的渴望，对瑞典而言，也不能不说是一段难堪的历史。不过，对于挪威最终获得的平等地位，也当属于贵国荣耀中的一种。

我今天非常庆幸，能有此殊荣来与诸位谈谈自己的文学理念。

长久以来，我总是在关注着人类的奋斗历程。每当这时，我的脑海里就会浮现这样的情形：在漫长修远的探索道路上，在那遥不可知的历程中，人们发展得并非一帆风顺；然而，历史的车轮总是前进的，人们为一种看不见的力量所激励着，从直觉向意识形态进化。但是，发展却并非完全依赖意识。在已发生与可探求的事物间，想象力起着重要的链接作用，这可以成为帮助大家判断将来前进方向的指挥棒。

在人们的思维观念里，几乎没有其他的意识如善恶一般重要；甚至说，意识生来便是为了帮助人们分辨好坏的，没有任何一个人，可以做到在不辨是非的情况下获得内心的安宁。我总是想不通，为什么常有人去提出一些置道德伦理于不顾、与内心良知背道的丑恶观念。若真如这些人所宣扬的那样，我们的心就丧失了自主判断的能力，沦为机械记忆的录影机，只知道一味地拍摄景物，却不辨美丑。

对于那些妄图丢开千载文明的人，我已不想浪费我的愤慨，甚至不愿意去提及他们这些愚昧的行为。人类能够流传至今的文化，是我们一路走来的见证。我实在是想不通，为什么会有人如此鼠目寸光。这些人为什么不能意识到自己的形象是何其丑恶，难道说，他们卑污的心灵已经腐坏到无可救药了吗？

也许，我已经不再有必要去苦苦追溯其背后的缘由。那些背叛历史的人，无非是用丧失道德的行为来毁掉自己，我们与这类人最大的区别在于，我们越是努力地坚守我们的道德防线，他们就越是疯狂地加以背叛，虽然他们不一定敢于审视自己的卑劣行径。如今的许多具有引领性的思想，放诸当年，都是一场道德革命。我们也可以这样认为，往往那些正直、高尚的人，是不会在其作品中呼天抢地的。我能够列举出很多例子，来证明我的观点，一个作家愈是宣扬精神解放，其作品就愈是充满煽动情绪。曩时希腊的诗人们能够无惧生死，莎士比亚的作品则像是一座条顿民族的功德碑，不分季节阴晴地伫立着。对他来说，这世界就如同一个战场，他以诗人的正义使命、充满活力的生命意识以及自己的崇高信念，来引导着这场战争。如此的大家，怎能不教人折服！

假使有一天，我们可以按照心中所想的方式，让莫里哀与霍尔伯格戏剧里面的角色复活，望着那些人们穿着夸张的演出服，头戴假发，以矫揉造作与稀奇古怪的行为完成自己的工作。这时候，你就会看到所有带着宣传性质的表现手法，一如那些没有意义的台词，让人觉得索然寡味，甚至恶心想吐。

接着，我来说说我们条顿民族中具有里程碑意义的人物。歌德与席勒带领着我们感受到了文学戏剧里欢乐的气息，在他们的世界里，生灵和艺术是美好并值得歌颂的。天空永远是蔚蓝的，大地永远是祥和的，暖风微熏的世界充满了欢乐。受到这样氛围熏陶的，难道仅仅只有我们吗？不，当然不，像小选戈那、小爱伦舒拉格、小韦格朗，还有拜伦、雪莱人等，他们简直生来便具有希腊神祇的性格。

倘说这样的艺术氛围已经式微，那我还可以说说，出现在我们身边的这一类人物。我有一位挪威老友，眼下已经病入膏肓，在他健康时，他在挪威的海岸竖立了很多灯塔，为那些素不相识的水手照亮夜里归途的航线。另外，在芬兰也有一位用自己的爱心帮助他人的老人。这些人以自己的善心默默帮助着别人，就像在寒风中发光散热的火把，为他人带来温暖和光明。我们能够说，他们生来便是这样无私的人吗？他们不计较个人得失的举动，完全出于他们比一般人更广博的善念与高尚的情操。

我并不准备过多地探讨文学中的陈词滥调，言之害义。在一卷成熟的作品中,对人们思想的洗脑与艺术的比例倘不是太过分,便没有必要去计较太多。然而,就在我提到的两类作家中,前者的警告让我们惶惶不安;后者对人性的剖析,再以梦想的魔力来诱惑我们,也是能够让我们迷失方向的。即便如此,我们还是不能放弃活着的希望,我们的路永远在前方,不论何时何地,我们都只能向前。生命是积极乐观的,如残破的大地酝酿着苏醒,只要元气不伤,生命依旧生生不息。这样的事实,我们尽可以用自己的双眼来加以求证,我们所渴盼的那天终会来临。

现一阶段,我十分欣赏法国的大作家雨果,他以自己对生命的敬仰,迸发出无穷的想象力,这使得他的作品丰富多彩且耐人寻味。有些人认为,雨果的作品多是投机取巧,但我认为,他的优点及其人现在作品中的对与生命的感悟与热情,足以令人忽略掉一切瑕疵。其实,大家一直在探讨生命中的善与恶。如果,那其中善的成分不能占据主导地位,那人类就没有未来和希望生命的黑暗,等于自掘坟墓。即使有了,我个人也会对那样的未来感到担忧。所有否定人类善行的描写,都是对生命的亵渎,都是对人们错误的引导。我们要牢牢记住,过分地渲染怯弱与自私的人没法去战胜生命中的苦难,但我们这些普通人可以。不然,那些成天让我们畏惧的作家能否拍着自己的胸脯对我们说,生命从来都没有带给他们快乐?如果答案是肯定的,我们是不是就应该顺从那些人的意愿,听从他们的意见,来安排我们人生的喜怒哀乐?那些作家所虚构的这一切,其实是他们自己的幻想世界,更何况,生命的本原并非他们想的那样。哀伤与颓废总归是不好的,我们最不应该被蒙蔽的是,那些悲观的作家盲目地宣扬生命的黑暗,此等思想实在是不配与我们为伍。

我们在文字和作品里所渴求的，应当是一种积极向上的生活态度，它虽细小不易察觉，却如柔风细雨般滋润着我们在世俗里行将干涸的心灵。有了它，我们不论身在何方都会得到心灵的宁静，失之就像丢了灵魂的躯体一样，成为一具空壳。

由此看来，我们这种并不时髦的是非观早已扎根在心灵深处，同时也在不知不觉中流露于我们的行为举止，它昭示着人们对知识和生命的热切渴望。写作者所做的事情，就是将这类内容通过以书本作为媒介让普罗大众得到认知，这样做才是有意义的。

一个有责任感的人是不吝于扶大厦于将倾的，越是这样，他就越发英勇。假如一个人的见识与胆量都足够的话，便不会有他不敢讲的话，也不会有他不敢做的事，他更加不会像小人一样心怀戚戚，畏葸不前。

以上这些，便是我想竭力去守护的，我始终都臣服于它。对于作家逃避责任的做法，我是十分不赞成的。我希望同人诸君都能够担起肩上的责任，因为，作家是引领人们思维认知的风向标。

对于贵院与各界予以我的肯定，我深感万分荣幸。我希望，有越来越多的人加入我们。在此，请容许我向那些提倡积极向上、高贵优雅文风的作家与作品，献上我至高无上的敬意！

目 录

挑战的手套

李丽霞 译

剧中人物

里斯

里斯太太

斯沃华·里斯——里斯夫妇的女儿

克里斯滕森

克里斯滕森太太

阿尔弗·克里斯滕森——克里斯滕森的儿子

诺登医生

卡尔·霍夫

玛丽——里斯家的女仆

托马斯——诺登医生的男仆

故事在克利斯丹尼亚上演。

第一幕

景：里斯家宽敞华丽的房间内。后墙正中有一扇敞开着的门，延伸向花园的方向，透过这扇门可以看到远处的海。门的两边对称地开着两扇窗，面窗而立，两边的墙上分别安有一扇门。右墙下，一架钢琴安放在门与后墙之间，钢琴的对面，则紧挨左墙放了一个小柜子。两张坐榻分别放在靠近台口处的左右边，并且前面各摆了一张小桌。除了这些摆设，还随意摆放了几把安乐椅和相对小点的椅子。〔**幕启**，里斯太太坐在左边的坐榻上，诺登医生坐在房中央的一把椅子上。诺登医生后脑勺上戴着一顶草帽，一块方形大手帕放在膝头上。他交叉双臂，手中支着一把手杖。〕

里斯太太 你在思考什么呢？

诺登 你刚才问了我什么问题呢？

里斯太太 不就是有关告璐丝太太的那场官司吗？

诺登 我刚才还跟克里斯滕森谈到了告璐丝太太这场官司的事呢。

他已经把钱预先垫上了，目前还在想办法让银行撤诉。这些你不是都知道了吗？你还想让我告诉你什么？

里斯太太　哦，我亲爱的朋友，我只是想知道在这件事情的背后到底有多少闲言碎语。

诺登　噢，我们男人从不在人家背后指指点点。还有，难道你还不打算把这件事告诉屋里的人吗？（向右门点头示意）我觉得现在这个时机不错。

里斯太太　我想再等等看吧。

诺登　你应该知道，克里斯滕森先生预先付上的钱，我们迟早是要还的，我已答应过他。

里斯太太　这是当然了，我们是要赖的人吗？

诺登　（从椅子上起身）好吧，我要离开这儿到别处休养几天，这件事情就要交给克里斯滕森掌管了。我想昨晚的宴会一定是热闹非凡吧？

里斯太太　排场不大。

诺登　这很正常，克里斯滕森家的人向来在这方面不太讲究。即使是这样，想必客人一定不少吧？

里斯太太　确实是的，这是我参加过的人数最多的一次家庭宴会。

诺登　斯沃华已经起床了吧？

里斯太太　她一大早就出门去泡海水澡了。

诺登　出去得这么早？看来你们昨晚在那儿没待多久，是吗？

里斯太太　大概待到12点吧，斯沃华想回家。我丈夫回家则比较晚。

诺登　哼，还不就是牌桌上那点儿事——斯沃华昨晚在宴会上肯定是光彩照人，对吗？

里斯太太　你昨晚怎么没去?

诺登　我一向不喜欢出席订婚和结婚的宴会,从不! 我简直不忍直视那些被花环和面纱所装饰的"光荣的烈士"。

里斯太太　可是,亲爱的大夫,我们都觉得这是一个幸福美满的婚姻,难道你不这样认为吗?

诺登　我知道他是个挺不错的青年。即便是这样,我还是……总之我被骗的次数太多了。算了,说点别的吧。

里斯太太　斯沃华昨天晚上心情一直很愉快,直到现在依旧如此。

诺登　遗憾的是我得走了,不能跟她见面了。再见,里斯太太。

里斯太太　再见,大夫。看来你决定今天就动身是吗?

诺登　是的,我已经决定了。我得去呼吸一些更新鲜的空气。

里斯太太　你说得很对,你的确有必要去换一下空气。就这样吧,希望你能玩得愉快,感谢你这么好心地帮助我们。

诺登　该说感谢的人是我,亲爱的夫人! 可惜我不能跟斯沃华亲口说再见了。

(诺登出门了。里斯太太顺手拿过左边小桌上的一本杂志,面朝花园舒适地靠在躺椅上。在接下来的戏中,她经常这样看杂志。里斯穿过右边的门走进来,一边走一边扣紧衬衫上的扣子。)

里斯　早上好! 刚刚出门的那个人是诺登吗?

里斯太太　没错。

(里斯穿过房间往左边走,又返回从右门下。接着他又从右门走上来,就这样重复做了两次,在这个过程中他始终在忙着扣衬衫的扣子。)

里斯太太　需要我为你做什么吗?

里斯　不用，谢谢！我在巴黎买了几件这样的新款衬衫，就是扣起来挺麻烦。

里斯太太　恐怕买了不止几件，而是一整打吧。

里斯　是一打半。（走进他自己的房间，又很快走出来，仍然在跟扣子较劲）事实上，我一直在考虑一个问题。

里斯太太　哦？那这个问题肯定不简单。

里斯　的确——显然是这样——这种扣子真是让人——哦，终于扣上了。（他再次回到房间拿着领带走出来）我一直在考虑，——咱们的女儿斯沃华，到底有着什么样的性格。

里斯太太　有什么样的性格？

里斯　没错。就是想她有哪些方面跟你相似，或者有哪些方面像我，类似的问题。换句话说就是，她的性格特征有哪些方面来自于你家的遗传和哪些部分来自于我家的遗传，等等。斯沃华确实是个出众的姑娘。

里斯太太　是的，确实如此。

里斯　她并不完全像我们两个，也不是我们两个人的相加。

里斯太太　斯沃华的性格中，要比我们多点什么东西。

里斯　何止一点！多了去了。（走进自己的房间，出来时衣服已经穿好了）你刚才说什么了？

里斯太太　没说什么，就是觉得斯沃华很像我母亲。

里斯　这话说得真是莫名其妙！斯沃华是一个脾气多么温和、多么文静的人，你怎么就把她和你母亲扯到一起了呢？

里斯太太　但斯沃华也会有焦躁不安的时候，不是吗？

里斯　我还是认为她俩的性格完全不同，斯沃华是一个温和有礼的女孩。

里斯太太　你根本就不了解我母亲。但我承认，她们之间的不同之
　　　处确实很多。

里斯　本来就是。你现在应该认识到我当初的决定是对的了吧？我
　　　坚持让她从小就学习各种不同的语言，你当初还反对我的做法
　　　呢，现在是不是觉得自己以前的坚持是错的？

里斯太太　我只是不愿意看你过度管束孩子，也不希望你总是好高
　　　骛远，结果却什么也做不成。

里斯　可事实呢，亲爱的？你得看看成果呀！（一边口里还哼着调子。）

里斯太太　难道你认为斯沃华能够有今天的成绩，全都得归功于她
　　　学的外语吗？

里斯　（走进隔壁的房间）当然不能这么说，但是——（从隔壁房间里
　　　传来他的声音）你昨晚没发现她身上散发出来的高贵气质吗？外
　　　语学习还是有很大功劳的，你说呢？（又走出了房间。）

里斯太太　斯沃华最受人尊敬的地方并不是这个。

里斯　说得对。你知道吗？昨天在船上的时候，有个人向我打听斯
　　　沃华的情况，问我是否认识那位倡导办幼儿园的里斯小姐，我
　　　热心地告诉他我正是这位里斯小姐的父亲。那个人听完之后，
　　　脸上那种既欣喜又羡慕的神情，你真应该看看，连我都快受不
　　　了啦！

里斯太太　是的，她一开始就办得很不错，而且还得到了广泛的认可。

里斯　正因为这样，斯沃华才会这么快就订婚，不是吗？

里斯太太　这事只有她自己最清楚。

里斯　你没注意我今天穿的这身新衣服吗？

里斯太太　我从一开始就看到了。

里斯　但我怎么没听到你的任何称赞呢！你仔细瞧瞧它们搭配得多么合身——这颜色搭配得多么巧妙，从衣服到鞋子，甚至连手帕的搭配都称得上是天衣无缝！——你觉得呢？

里斯太太　亲爱的，你怎么不想想自己已经多大年纪了，亲爱的？

里斯　好了，别说了。不过谈到这个，你认为人们会觉得我已经多大了呢？

里斯太太　肯定是 40 岁左右。

里斯　"肯定是"？应该不会这么轻易就能看出来吧？——这身衣服可算得上是一曲美妙的"结婚交响乐"。这是我在科隆时，一收到斯沃华要订婚的电报就立刻定做的。你知道的，在科隆坐火车不到 10 个小时就能到达巴黎。但我连 10 个小时都等不及了，一想起马上就跟全国首富结成亲家，我顿时觉得自己的身份大大地提高了。

里斯太太　你是单靠身上的衣服来显示自己的身份吗？

里斯　这叫什么话！等我从海关领回我的箱子再说吧。

里斯太太　看来咱们又要在怎样对待金钱上发生冲突了。

里斯　在对待金钱上发生冲突？你怎么不想想，——当一个因为女儿的喜讯而欣喜若狂的爸爸，在如此意义重大的时刻，而且恰好在巴黎，怎么可能不这样呢？

里斯太太　昨天的晚宴你觉得还满意吧？

里斯　我觉得自己昨天真是太幸运了，因为船误了点，却使我恰到好处地赶到了宴会的高潮，仿佛变魔术一样的。并且这个宴会可是专为庆贺咱们的斯沃华而举行的，我作为她的父亲理应是被当成贵宾了!

里斯太太　那你昨天晚上是几点回家的?

里斯　这个还用问吗? 昨晚我们是一定要玩牌的呀! 我没办法回避,我必须陪阿伯拉辛、伊萨克、杰柯布来凑上一桌——你要知道他们分别是宴会的主人、首相大人,当然另一个还是何克老头子。和这些大人物玩牌,就是输钱都觉得光彩呢! 而且反正我经常输钱。——我大约3点才回的。你在看什么书?

里斯太太　看《半月快讯》。

里斯　我没在家的时候,《半月快讯》里有没有一些不错的文章呢?
（悠闲地哼着调子。）

里斯太太　是的——确实有。你看看,这里有一篇讲述遗传学的文章很不错,而且跟我们刚开始讲的话题有关。

里斯　你熟悉这首钢琴曲吗? （走向钢琴）这首曲子如今很流行,在德国随处可听到。（准备弹奏,又突然住手）趁我现在还有印象,我得先去拿乐谱。（他回到房间,拿了乐谱重新坐下来准备弹奏。正好斯沃华穿过左门迎面走来。里斯看到她,当即停下手中的动作起身迎接）早上好! 亲爱的,我都没能跟你好好地聊聊呢。你一定知道,在昨天的晚宴上谁都想跟你亲近! （亲吻她,两人一起走了进来。）

斯沃华　您怎么这么久才回国?

里斯　那是不是我该抱怨,有人没有及时将订婚的消息告诉我呢?

斯沃华　那是因为连他们自己当时都不是很清楚呀! 您也早上好,妈妈。（紧挨她脚边跪下。）

里斯太太　宝贝儿,你身上这种清新空气的味道闻起来真舒服! 泡完海水澡之后你又去林中闲逛了吧?

斯沃华　（站起身）是的。刚好在来时的路上我看到了阿尔弗经过我
　　　　们家，互相问候了一下。他等下就会来。

里斯　说实在的，人必须始终保持诚实的品行——我原来也没什么
　　　指望了呢，但万万想不到斯沃华会得到这么幸福的婚姻。

斯沃华　我明白您为我担忧的心情，其实连我自己都没什么想法了。

里斯　这是你遇到心上人之前的想法吧。

斯沃华　这是在我遇到心上人之前。他还真是来得缓慢。

里斯　你翘首以待很久了吧?

斯沃华　从来没有，我从未想过会是他。

里斯　你的话听起来可真神秘。

斯沃华　事实本来如此。你想想，两个从小就认识的人，从来就没
　　　　这么想过，却一下子变成……因为这真的就是实际情况。就在
　　　　某一刻开始，一切都变得不一样了——从此，在我的内心他不
　　　　再是之前的那个他了，而是变成了独一无二的那个。

里斯　在其他人的眼里他是没有变的吧?

斯沃华　我希望是这样。

里斯　在我看来，他起码变得容易亲近多了。

斯沃华　嗯，我昨天晚上还看到你们俩谈得很愉快呢，你们说到什
　　　　么令人高兴的事了?

里斯　我们在交流什么是正确的处世之道。我把自己赫赫有名的3
　　　条处世法则透露给他了。

里斯太太和斯沃华　（异口同声）这么快就进展到这个地步啦!

里斯　并且得到了他的高度认可。你这个无礼的孩子，还记得这些

法则吗?

斯沃华 第一条：千万不要让人讥笑。

里斯 第二条：一定不要惹人厌恶。

斯沃华 第三条：穿着一定要时髦。这几条法则浅显易懂，记起来也挺容易。

里斯 就因为这样才更加难以付诸实践，所以才说它们不可多得，值得学习。你穿的这件新晨衣很合适，我觉得不错。照这种状况看来，这件晨衣确实值得称赞。

斯沃华 您所指的"这种状况"，是因为它并非您亲自挑选的吧?

里斯 没错，因为如果让我来选的话，我绝对不选这种绲边的。无论如何，"照这种状况看"，还算不赖。衣服的剪裁也还过得去……好了，那你们就拭目以待，等着看我领回来的箱子吧!

斯沃华 有惊喜吗?

里斯 肯定是你意料之外的礼物。哦，差点忘了，我现在就有好东西给你。（迅速走进自己房间。）

斯沃华 妈妈，我觉得爸爸愈发没有耐性了。

里斯太太 是他太过激动了，亲爱的。

斯沃华 但是爸爸老是那一副坐立不定的样子，真让人忍不住去同情他。他总是……（里斯正走出来）爸爸，您猜猜昨天首相大人是怎么评价您的?

里斯 哦?我很想听听这种大人物的评语呢。

斯沃华 他说"里斯小姐，我们一致认为里斯先生算得上是所有来宾中装扮水平最高的那位"。

里斯 哦，"最高"这种说法真是形容得再好不过了。但我有一个更值得高兴的事要与你分享——你的爸爸将要因为你而得到一个光荣的爵位了。

斯沃华 是因为我的缘故吗？

里斯 当然了，除了你还有谁呢？你也知道，在关于商业规则的制定上，我也为政府贡献过微不足道的力量。但这次能有幸被封圣奥莱夫爵士，确实是因为你的这门好亲事带来的荣耀。

斯沃华 恭喜您，爸爸！

里斯 嗯，你知道，一人风光，会给整个家族都带来荣耀啊。

斯沃华 没想到您在被封爵士之后反而表现得更谦逊了。

里斯 看出来了吧！接下来就让你们瞧瞧我是怎样变身为一个谦逊的时装模特吧。不，应该称作时装样式模特——这听起来没有时装模特显得那么盛气凌人。这些设计的灵感来自于法兰西剧院最新上演的歌剧。

斯沃华 哦，等等。爸爸，现在不是展览的时候。

里斯太太 下午再给我们看吧。

里斯 真是奇怪，怎么感觉我倒成了女人一样，那就听你们的吧。女人是这个世界的统领啊！但是我有两个建议。首先，都坐下来。

斯沃华 好吧，坐下了。（两人都坐下了。）

里斯 接下来，就由你认真细致地讲讲事情发展的全部经过。你应该懂得我指的就是之前所说"神秘"事件的所有细节。

斯沃华 哦，我知道。不过，请您谅解，我不能和您细谈。

里斯 你可以跳过那些不便说出的细节啊。天哪，谁会愚蠢到向订婚不到一个月的人询问这种事呢？当然，我只是想知道你们两个是怎么开始的。

斯沃华 哦，我知道了。这个可以给您说说，等您听完了这些，您就会看到阿尔弗更真实的一面。

里斯 例如，你们是如何开始接触的？

斯沃华 啊，是因为那些让人不得不喜欢的幼儿园……

里斯 你说清楚点，你指的是你的那些幼儿园吗？

斯沃华 话可不能这样说，那里可有 200 多个姑娘做事呢……

里斯 先别顾这个！看来阿尔弗是捐款者，对吧？

斯沃华 是的，他给幼儿园捐款很多次了。

里斯 听起来好极了！

斯沃华 在一次谈话中，我们说到奢侈这个话题——说到为自己的工作花钱比用在追求奢侈的日子上更值得。

里斯 那你们觉得什么样的生活才称得上是奢侈呢？

斯沃华 我们没有深入讨论这个问题，但我说过追求奢侈不符合道德。

里斯 奢侈就是不道德的吗？

斯沃华 当然了，我明白您是反对这种说法的，可我确实这样认为。

里斯 你知道你母亲和外祖母是这样想的吧？

斯沃华 的确如此，但这同样是我的个人想法，您没意见吧？

里斯 这是当然。

斯沃华 我跟阿尔弗谈话时，说到我们在美国亲眼见到的一件事——不知道你还有没有印象——就是我们一起出席的关于倡导禁酒的宴会，看到不少妇女是乘坐马车来的，作为倡导禁酒的人，自己却……虽然我们不了解她们有多富有，但是单看她们的排场——马车、骏马、穿戴的首饰、服装——重点是珠宝——总共加起来应该有——嗯，肯定值……

里斯　肯定值上千块钱吧！确实如此。

斯沃华　本来就是，从根本上来说，这种行为和酗酒没什么两样，都是腐化堕落。您认为呢？

里斯　呃，这样说的话……

斯沃华　我知道您毫不在乎这个。可阿尔弗并不这么想。他讲述了他自己在那些大城市中的经历。想想就觉得可怕！

里斯　你指的是什么？

斯沃华　贫富差距太大的问题呀！一边是穷困潦倒，而另一边却是挥霍无度。

里斯　原来你指的是这个啊，我还以为他会说——算了，你接着说下去吧。

斯沃华　阿尔弗可不是像你这种无所谓的态度，自顾自地弄指甲。

里斯　哦，真抱歉！

斯沃华　没关系，爸爸！您可以继续这样做。——阿尔弗预测一场新的社会变革即将到来，他说得很有热情。——也就在这时，他说出了自己对于金钱的态度。我从来不知道他的为人是这样的——他的很多想法在我看来都是新的理念。要是您见到他说话时的样子，你就知道他那时是多么美。

里斯　你觉得阿尔弗美吗？

斯沃华　难道不是吗？起码我是这么认为的。妈妈也是这样想的，对吧？

里斯太太　（注意力仍停留在杂志上）嗯，是的。

里斯　作为一个母亲总会对自己女儿的男朋友产生好感，直到她成为正式的岳母之后，才会发现并不是这样。

斯沃华 这是您的切身体会吗?

里斯 确实是的。看来,阿尔弗·克里斯滕森是个英俊的男人了? 姑且就这么认为好了。

斯沃华 当他站在我眼前的时候,他看上去那么坦荡而又信心十足, 并且——是那样的纯洁——这才是最关键的。

里斯 我的孩子,你说的"纯洁"指的是什么?

斯沃华 不就是指"纯洁"这个词本身所表示的含义吗?

里斯 是啊,但请你告诉我你所认为的"纯洁"代表的是什么?

斯沃华 嗯,就是当有人用这个词描述我的时候,我希望别人所指 的含义。

里斯 无论这个词是形容男人还是女人,你都是指同样的含义, 对吧?

斯沃华 是的。

里斯 照这种情况看,难道你觉得克里斯滕森的儿子……

斯沃华 (从座位上站起来)爸爸,您让我感觉自己是被羞辱了。

里斯 他本来就是克里斯滕森的儿子,这是实话,怎么可以说成羞 辱这么严重呢?

斯沃华 但在这方面他们是完全不同的,我心里很清楚。

里斯太太 我刚才读了一篇有关遗传倾向的作品,阿尔弗也可能不 会完全接受他父亲的遗传。

里斯 好了,随便你们怎么想,不过我真是不敢相信这些不着边际 的道理,在实际运用中是靠不住的。

斯沃华 您想表达什么意思?妈妈,爸爸到底是指什么?

里斯太太 他想说的是男人并非你所想象的那个样子,期待男人变好是没有用的。

斯沃华　您说的不是真的吧？

里斯　你为什么表现得这样兴奋呢？——来，坐下吧！况且你凭什么就坚信自己会看得这样清楚呢？

斯沃华　看清楚？看清楚什么？

里斯　嗯，在各种各样的状况下……

斯沃华　看清楚这个就站在我面前，至少也是在我身边经过的人，是一个衣冠禽兽，还是一位正人君子，是吗？

里斯　就像这样，以此类推罢！——亲爱的斯沃华，你也是会看走眼的啊。

斯沃华　不，我绝对不会，就像您用那些令人反感的法则和我开玩笑时，我不会对您看走眼一样。即使您时刻把它们挂在嘴边，事实上您都是我认识的最纯洁、最值得尊敬的男人。

里斯太太　（不再看杂志）你打算就这样一直穿着这件晨衣吗？我的孩子，现在阿尔弗没到，你不趁这个时间去换下衣服吗？

斯沃华　不，妈妈，您可不能打断我的话。——至今为止，我亲自见证我的很多女友信心满满地将自己献给"心上人"，但她们后来才察觉到对方竟是人面兽心！我绝对不会如此冒险，更不会做这么愚蠢的事。

里斯太太　好了，你根本没必要这样兴奋啊，阿尔弗是个忠厚老实的年轻人。

斯沃华　这个我清楚，不过像这样恐怖的事情我听说得够多了。比如说令人同情的海尔加吧，就是一个月前才发生的！包括我自己——我现在很坚定，很幸福，所以完全可以坦白地讲。——

我跟你们说说，我一直不愿意谈婚论嫁的原因。在相当长的一段时间内，我都很不信任自己识人的眼光，因为有一次我也差点上当。

里斯和里斯太太 （一起从椅子上蹦起来）斯沃华！你……

斯沃华 我当时和许多年幼的女孩子一样充满遐想，而且正好在一个同样英俊阳光的男孩子身上看到了我追寻的东西。——关于他这个人就只能说到这了。他的处世法则和人生目标跟您恰恰相反，爸爸。他有着最高尚且伟大的目标。说爱他都不足以表达我对他的感觉，甚至说得上是敬仰。但后来——我无法说出我看到的丑事和过程。而那时候，我也让你们担心了。

里斯太太 就是我们以为你患上肺病的那段时间吗？是吗，孩子？

斯沃华 是的。任何人都无法忍受那种欺骗，更别说宽恕这样的行为了。

里斯太太 你竟然对我守口如瓶？

斯沃华 没有过跟我同样的经历，就绝不会知道我那时感觉多么耻辱。——反正这些都已经成为往事，但我可以通过这次经历吸取教训，今后不会重蹈覆辙。（里斯已经回自己房间了。）

里斯太太 总而言之，这也算是一段能够引以为鉴的经历吧。

斯沃华 我也是这样认为的。不管怎样，已经过去了。虽然这在我遇见阿尔弗之前并没有完全释然。爸爸去哪了？

里斯太太 你爸爸啊？看，这不来了吗？

里斯 （边戴手套边走出房间，头上戴着帽子）好了，我得出一趟门，确认一下那个滞留在海关的箱子的事。我马上去车站打电报问清楚。你也应该准备好你最华美的服装了，国王不久就会驾临——因此我理应跑这一趟！就这样，回见了，我的宝贝女儿！（吻她）你给我们带来了幸福——莫大的幸福。即使你的想法有点——不过也没什么，再见啦！（走向房门。）

里斯太太　再见！

里斯　（再次脱掉手套）你之前进门时注意听那首钢琴曲了吗？（再次坐在钢琴前）我在德国经常听到这首曲子。（弹唱了一下又突然停止了动作）唉，这里不是有乐谱吗，你可以自己试着弹一下。（口里哼着曲子，出门。）

斯沃华　爸爸真是风趣，他的确童真未泯，而且昨晚他简直是容光焕发。

里斯太太　你是没注意自己的样子吧，宝贝儿。

斯沃华　哦？我看起来也是"容光焕发"吗？

里斯太太　你们两人——毫无二致！

斯沃华　显而易见，妈妈，即使你自以为已经非常幸福，但是别人对你的善意往往更能增加你的幸福感。今天早上，我的脑海里回放出昨晚所有让我愉快的事情，我感觉——哦，这种感觉简直无以言表！（倚靠在妈妈的怀中）

里斯太太　好了，我无比幸福的孩子！我得去做家务了。

斯沃华　需要我为您做什么吗？

里斯太太　我自己就可以了，我的孩子。（两人一同走过房间。）

斯沃华　嗯，我先弹弹爸爸的新曲子吧——阿尔弗应该快到了。（里斯太太从左门走下。斯沃华坐在钢琴前。阿尔弗一声不响地从左门走上来，俯身下来，他的脸几乎贴上了斯沃华的面颊。）

阿尔弗　早啊，亲爱的！

斯沃华　（被吓得跳起来）阿尔弗！我没听到门铃的声音啊！

阿尔弗　你弹得太专注了。多么悦耳的曲子啊！

斯沃华　我昨晚过得很愉快！

阿尔弗　你应该还没意识到昨晚你是多么光彩照人吧！

斯沃华　我想我还是意识到了一点。但不要说了，本来这种话就不应该从我口中说出来。

阿尔弗　每个人都在我和我父母亲面前称赞你。昨天我们一家人都过得非常愉快。

斯沃华　我和我爸妈也是——你手中拿着的是信吗？

阿尔弗　是的，是一封信。我进来时，那个女用给我的。有些人头脑真是机灵，他看准了我今天上午无论如何都会来一趟。

斯沃华　这很容易，不是吗？

阿尔弗　是的。这是爱德华·韩琛的来信。

斯沃华　你可以从我家花园走捷径去他家。（指着右方。）

阿尔弗　我知道肯定是有紧急的事，信上有一个"急"字，下面画了一道线。

斯沃华　我把钥匙给你吧，拿着。（把钥匙放到他手上。）

阿尔弗　谢谢你，亲爱的。

斯沃华　噢，我这样做可是完全在为自己着想，这样你能早点回到我身边了。

阿尔弗　我回来之后，要在这里待到中午。

斯沃华　只是中午吗？不，你要待到比中午更晚才行。我想跟你谈的事还有很多呢，——不只是昨天的事，包括……

阿尔弗　我明白。

斯沃华　还要说很多其他的事。

阿尔弗　我想请你思考一个很紧要的问题。

斯沃华　是吗？

阿尔弗　大概等我从那儿回来的时候，你就能答复我了。

斯沃华　看来这是个挺简单的问题啰。

阿尔弗　不见得。但你总是灵感突现。

斯沃华　说说看问题是什么？

阿尔弗　为什么我们俩没有早点相爱，前几年我们就认识了不是吗？

斯沃华　那是由于时机未到啊。

阿尔弗　你怎么就认定是这个原因？

斯沃华　因为你也知道，我已经完全不是以前的那个斯沃华了。

阿尔弗　但相爱的人之间存在着一种自然的吸引力。我能够感受到这个，那在当时我们之间就应该存在这种吸引力啊。

斯沃华　那时的我们自顾自忙着自己的事，当然感觉不到这种自然的吸引力。

阿尔弗　之前我们是自顾自忙自己的事吗？不过……

斯沃华　不管怎样，我们现在是一起的，无论当初我们之间的距离有多遥远，关键是达到最后的统一。

阿尔弗　你说的是思想的统一吗？

斯沃华　是的，成为最好的同伴，比如我们。

阿尔弗　我们已经成了互相忠诚的同志吗？

斯沃华　嗯，你说得没错。

阿尔弗　可是每当我像现在这样靠近你时，总会情不自禁地想我怎么就没有更早一点这样做呢？

斯沃华　我从来不思考这事——一点也不。我只知道自己找到了世
　　　　上最可靠的地方。

阿尔弗　如果少了过往经历的那些事，也许我们都不会是现在这个
　　　　样子。

斯沃华　你指的是什么？

阿尔弗　我是说——就如你刚才所说我也不是过去的那个自己了。
　　　　我必须快点走了，信上说事情很急。（俩人一起走过房间。）

斯沃华　也不急在这一刻吧？——我有句话必须现在亲口说出来。

阿尔弗　（停住脚步）你想说的是什么？

斯沃华　昨晚，我在很多人中间第一眼看到你的时候，那一瞬间我
　　　　感觉自己突然不认识你了，在你的身上似乎发生了什么特别的
　　　　改变，——或许是由于你跟其他人站一起的原因——但你的确
　　　　跟变了一个人似的，与众不同。

阿尔弗　这是自然。和陌生人站一块儿当然会与平时有所不同。
　　　　就像昨天你和其他小姐、太太们一同出现的时候，我也有似
　　　　乎从未真正认识过你的感觉。而且，一个人的独特本来就是
　　　　当她和许多人站一块时才会凸显出来的。我也是昨天才发现
　　　　原来你身材那么高挑——并且才发现你向人鞠躬的时候，身
　　　　体会习惯性地侧向一边。另外，你那头发和眼睛的颜色我也
　　　　未曾细致地观察过……

斯沃华　你先让我说完行不行！

阿尔弗　恐怕不行。看看，咱俩又走回房间了，我真得马上走了！

斯沃华　再给我一分钟吧！本来你不该插话的！昨天当你和其他男
　　　　人站在一起的时候，那一刹那我感觉自己跟你完全是陌生的。

但就在这个时候，你把眼光投射到我身上，并且对我点头微笑。突然，我觉得我们两个人的身上好像发生了什么特别的事情。但我能够感觉到自己的脸，已经变得跟火一样红。迟迟不敢抬头跟你对视。

阿尔弗　你想象得到我的感觉吗？每当有人邀请你跳舞，我就忍不住妒忌那个幸运儿。妒忌得不得了。坦白说，只要看到别人靠近你我就难受得要命。（拥她入怀）我还没说出你最大的优点呢。

斯沃华　那是什么呢？

阿尔弗　嗯，就是当我看到你跟其他人在一块时，我一眼望过去——比如说，看见了你的手臂，我就在心里对自己说，世界上有这么多人，但你的手臂却只搂过我的脖子，从未亲近过除我之外的任何人！你是我一个人的，你只属于我，永远不会是别人的。就是这样，太美妙了！你看，我们又走回来了！我看你根本就是有魔法，不过我必须得离开了。（走过房间）再见！（松开斯沃华，又再次拥抱她）我怎么就没有更早点找到自己的幸福呢？——再见了，亲爱的！

斯沃华　我和你一起去吧。

阿尔弗　当然可以，走吧。

斯沃华　哦，不行，我突然记起来——我必须在爸爸到家之前练熟这首曲子。如果我不趁这会儿练习，恐怕这一整天你都不会让我有机会了。（正门的铃声响了一次。）

阿尔弗　有客人来，我得先离开了。

（他匆忙地走出右门。斯沃华看着他离开的方向，跟他摆手说再见，接着回到钢琴的前面。女仆玛丽上场。）

玛丽　小姐，外面有一位先生来访，他问可不可以……

斯沃华　哦，你不认识这位先生吗？

玛丽　是的。

斯沃华　他长得什么样？

玛丽　看起来像……

斯沃华　像是不正派的人吗？

玛丽　哦，不，当然不是。是个很面善的先生。

斯沃华　告诉他我爸爸出门去车站了。

玛丽　我已经说过了，但他说是来见您的，小姐。

斯沃华　你现在去把我妈妈请过来——哦，等等，还是算了。——
　　去请那位先生进来吧。

　　（玛丽将霍夫引进门，走下。）

霍夫　我现在亲眼见到的是里斯小姐吗？我想，您应该就是里斯小
　　姐本人了。我姓霍夫——卡尔·霍夫，从事旅行推销钢铁产品
　　的工作。

斯沃华　这好像与我无关吧？

霍夫　还真有点——倘若我只是个常年在家的平常人，而不是什么
　　旅行业务员，那么有些事情就不会发生了。

斯沃华　不会发生什么事情？

霍夫　（把手伸进衣袋，从大皮夹子里拿出一封信）您能屈尊看一遍这
　　封信吗？当然您可能不情愿。

斯沃华　我怎么知道，我应该不应该看这封信呢？

霍夫　是的——但我还是冒昧地希望您读一下。（把信交到她手上。）

斯沃华　（读信）"如果今天晚上十到十一点之间，我是说如果那个愚

蠢的老家伙还没回家的话。哦！亲爱的！请记得在前厅的窗台上点亮一盏灯。"

霍夫　"那个愚蠢的老家伙"，说的是我。

斯沃华　但我没看懂……

霍夫　再看看这封。

斯沃华　"我感到惭愧不安。你的咳嗽让我害怕。特别是现在你怀着身孕……"但这些到底关我什么事呢？

霍夫　（稍稍犹豫了一下）呃，您觉得呢？

斯沃华　您是想让我去帮助什么人吗？

霍夫　不，可怜啊，没有这个必要了，她已经死了。

斯沃华　已经死了？您说的是您太太吗？

霍夫　是的，她是我的太太。信是我在一些小盒子里发现的，包括其他的一些物品。当时信被压在盒子的最底部，还有其他的信——上面盖着棉花，还有她母亲送她的一些耳环之类的饰物。除了这些，（又拿了一些手镯出来）还有这几只镯子。这几个绝不可能是她妈妈送的，因为它们实在太贵重了。

斯沃华　看得出来，我想——她的去世一定事发突然吧？

霍夫　我说不太清楚。患肺病的人是很不会考虑自己的危险的，但一直以来她都很虚弱。我能坐下吗？

斯沃华　当然，请坐。您有孩子吗？

霍夫　（稍稍地犹豫）我想应该没有。

斯沃华　"应该没有"？我之所以问您有没有孩子，是因为我考虑到您可能需要我们幼儿园的帮助。实话说，我为您感到难过。

霍夫　我就知道您会这样——我早就知道。唉，我真不知道自己是否应该告诉你——也就是说，您根本不知道这件事，是吗？

斯沃华 你说得对，我确实感到迷惑。

霍夫 是啊，您当然不明白。一直以来，我经常听到别人称赞你——我妻子在世时也经常是这样。

斯沃华 这么说来，她很熟悉我了？

霍夫 她叫玛伦·唐——原来是伺候……

斯沃华 伺候我未来的婆婆——克里斯滕森太太的吧？应该是她了，她可是一个温和有礼的好女人啊——您确定这中间没有任何误会吗？两张纸条都没有落款，甚至没有日期，这些又代表了什么呢？

霍夫 难道您认不出这两封信的字迹吗？

斯沃华 我？我没有认出来——但看得出来，这些字迹故意变化了一下。

霍夫 确实是这样，但是变化并不大。

斯沃华 那您来我这儿的目的是什么呢？

霍夫 原本是有的。但现在我想我不该来打搅您。看来您真的不明白这类事情。您可能会认为我有些不正常对吧？连我自己都说不清楚自己是不是正常。

斯沃华 您一开始是打算告诉我一些事情的，对吗？

霍夫 您说得没错。最初是这样。您也清楚，您的幼儿园……

斯沃华 哦，归根结底还是幼儿园的事吧？

霍夫 不，跟幼儿园没关系。但的确是因为您的幼儿园的缘故，让我从心底里敬佩您的为人，里斯小姐。我说这话您别介意，对于像您这样年轻高贵的上流社会的小姐，能够用心为别人做些好事，在此之前我闻所未闻，真的。我只不过是一文不名的穷人，现在只能靠帮一些公司四处奔波兜售货物来谋生，说到底就是个一无是处的人，也许像我这样的人遭遇这种事只能自认倒霉。但我真心希望您不用承受这种痛苦。原本我认为我应该那样做，我责无旁贷。但此刻您就在我的眼前，就像现在这样。唉！我，我感到非常的难受。所以，今后我再也不来打搅您了。（从椅子上起身）再也不来了。

斯沃华 您让我感到迷惑不已……

霍夫 请您不要再想这件事了！也希望您宽恕我的冒昧，——就这样，永远不要想这件事了，就当我从没来过。

（霍夫走向门口，正好碰见进门的阿尔弗。当他注意到斯沃华正盯着他们看时，立即快步走出门。斯沃华观察到了他们见面的情景，发出一声叫喊，跑上前迎接阿尔弗。可等她走到阿尔弗跟前时，突然变得无比的惊恐。阿尔弗本想走过来拥抱她，她却惊呼："不，不许碰我！"随即迅速地从左门飞奔而去。之后从里面传来锁门上闩的声音。接着听到一阵突如其来的痛哭声，然而因为距离过远，哭声很快消失了。此时，门外传来歌声。片刻之后，里斯缓慢地走进门。）

〔幕落〕

第二幕

景: 同第一幕。

〔**幕启**，斯沃华单手支头，身子斜靠在舞台右边宽大舒适的坐榻上，
她的眼睛注视着窗外的花园，母亲就挨着她旁边坐着。〕

里斯太太　斯沃华，像你这样随心所欲、自作主张实在是不明智。
　　任何事情都可能会出现意外状况。你得三思而后行！我坚信他
　　是个很不错的年轻人。多给他点时间，给他好好表现的机会。
　　千万不要这么草率地做决定。

斯沃华　妈妈，您为何总是对我念叨个没完？

里斯太太　好吧，宝贝儿，我这两天都没什么机会跟你说话，这还
　　是我第一次开口。

斯沃华　但您翻来覆去总是这个调子。

里斯太太　可是除了这个，我还能用什么调子呢？

斯沃华　跟以前一样就好——就保持那老调子——完全不像现在这
　　样的。

里斯太太　唉，教育孩子在生活中怎样做出明智的抉择是一方面，但是……

斯沃华　但是能不能付诸实践却是另一方面了，对吗？

里斯太太　不是的，我是说生活并非你想象中的那样。特别是夫妻之间，有时候宽容才是最重要的。

斯沃华　您说得没错，但这是对那些不足挂齿的事情而言。

里斯太太　真的只是对那些不足挂齿的事而言吗？

斯沃华　当然了——比如说个人的一些特殊嗜好是可以接受的，毕竟这只是些小事情，和人身上长疣一样正常。相反，对于道德品质这一方面，是绝对无法原谅的。

里斯太太　不，你错了，即使是在这方面也得学会包容。

斯沃华　在这方面也得学会包容吗？但我们结婚的目的不就是让自己变得更为成熟和完美吗？我说得不对吗？如果不是这样，我们又何必走进婚姻的殿堂呢？

里斯太太　唉，你总有一天会理解这些的。

斯沃华　不，我永远不会理解。如果非让我包容这种事情的话，那我最初就不会有结婚的意愿。

里斯太太　你应该早点说这话，现在说出来为时已晚。

斯沃华　（身子挺直，向前倾）为时已晚？就算是我婚后 20 年，我都会坚持这种做法。（重新躺回沙发。）

里斯太太　看来我也无能为力，你只能自求多福了。你丝毫没有意识到这件事情是盘根错节的，而你已经被卷入其中。当你继续奋力挣扎，就会立刻发现其中的利害。除非你愿意亲手毁掉我和你爸爸历尽艰辛得到的这一切，那我们就不得不出国到一个陌生的地方白手起家。这些日子你爸爸一直在说：一旦你真的悔婚，并且因此弄得流言四起的话，他宁愿出国也不想被丑闻缠身。如果他真的决定离开这里，那我也只能跟他一起走了。啊，一想到这些你就不该这么固执了——想想在你的订婚宴会上，所有的朋友都那么捧你的场，你应该清楚这是件很严肃的事。你现在就像站在很高的平台上，所有人都在看好你，你绝对不能从上面摔下来呀！只要你稍微逾越了他们眼中正常的处事原则，你就一定会摔得很惨。

斯沃华　难道像那样妥协就是遵守正常的处事原则吗？

里斯太太　我可没有说过，但是避免一切丑闻才是最重要的——这也是他们眼中正确的处事原则，或许还是首要考虑的呢。任何人都想保全自己的面子，不是吗？斯沃华，特别是那些位高权重的大人物。要是有人让他们的孩子没面子，他们肯定会更加觉得颜面无光。

斯沃华　（半起身）天哪！难不成还是"我"让"他"脸上无光吗？

里斯太太　不，不是的，这都怪他自己……

斯沃华　那没什么好说的了！（又躺了回去。）

里斯太太　但你绝对没办法让他们意识到这个。你永远也别想做到。只要他做的丑事仅仅是在他的亲戚朋友们之间谈论，并没有被外人知道，那在他们看来这就算不上是丢脸。做这种事的人数不胜数，只有被公之于众时，他们才会觉得丢脸。一旦公众得知你们正式解除婚约的消息——克里斯滕森的大儿子因为以前不道德的生活被解除婚约，这就会成为他们眼中天大的丑闻。而我们，最倒霉的却会是我们。还有那些平日里倚仗我们的人也一定会受到牵连——你应该想象得到因此而受累的人肯定不少吧？因为你一如既往地帮助他们，特别是你对那些孩子们无微不至地照顾。到时你将不得不舍弃你所关注的包括你现在拥有的一切——因为我们一家人都必须离开这里远走他乡。我很清楚你爸爸这些话是很认真的。

斯沃华　哦，哦。

里斯太太　我真想告诉你我们为什么别无选择，但不行——起码现在还行。不，你别想引诱我。你爸爸过来了，我希望你再考虑考虑。斯沃华，不能解除婚约！不能引发丑闻啊！

（里斯走进房间，手里有一封已经被拆开的信。）

里斯　啊，你们在这儿就好。（回房间放下手杖和帽子，然后又走出房间）我想你应该还没做什么重要的决定吧？

里斯太太　还没，不过……

里斯　这就好。这封信是从克里斯滕森家寄过来的。因为你一直不愿意与你的未婚夫见面，连信也不收，他只能让他的父母插手处理这件事了。事情终究得有个结局。（读信）"11 点到 12 点这个时间段，我会亲自偕拙荆、犬子过门拜访。"我觉得他们已经表现得很有耐心了，等到现在才写信真是令我感到惊讶啊！

里斯太太　但我们这里还在原地踏步呢，真是没办法。

里斯　你究竟想怎么样啊？亲爱的斯沃华。难道你还不知道这样做将会造成多么大的不幸吗？你在我心里一直是个心地善良的好姑娘——所以我知道，你一定不愿意眼睁睁地看着这个家垮掉，对吧？斯沃华，你已经为这件事生气了这么久，是时候该退一步了。而且他们已经受到了足够的惩罚，到底你还想要得到什么呢？如果你真想把这件事情闹得满城风雨、不可收拾的话——那，——不管你提出什么样的条件，他们都将会毫不犹豫地点头同意。

斯沃华　可恶！真是太可恶了！

里斯　（灰心丧气地）你一直坚持这样的态度是没有任何好处的。

里斯太太　是啊，没有半点好处。斯沃华，你真不应该继续固执下去了，还是想办法缓解一下矛盾才好。

里斯　你再好好想想你准备抛弃的这个人的身份和地位吧——他们家可不是一般的家庭，不仅富有程度在全国首屈一指，还是最有社会地位的家族之一呢。至今为止，我还从没听说有人会做这样的傻事。没错，我重复一遍——真傻！唉！即使他走错一两步又有什么关系呢？这是很正常的啊——哼哦，上帝……

斯沃华　是啊，把上帝都扯进去才好呢！

里斯　是的，我还真得求求上帝的保佑了。就算他走过错路，这个可怜的孩子所受的惩罚也该足够了。况且我们对待他人也算是平易近人、无可挑剔，就连《圣经》上也引导我们要讲道理、懂宽容。我们不仅要懂得宽容他人，更要向那些需要悔过的人伸出援手——我们得给跌倒的人一次机会，将他们扶上正道。对了，将他们扶上正道。这类事情你一定能办得很顺手，因为这是你的本职工作啊！亲爱的斯沃华！我平时是不怎么谈关于道德的问题的，因为我知道自己不太适合谈论这个话题，但我还是觉得有必要跟你讲讲。以一颗宽容的心看待别人吧，斯沃华——时刻怀有一颗宽容的心。说到底，你想象得到跟任何人生活一辈子,缺少"这个"会是什么样子吗？这是必不可少的呀！

斯沃华　其实现在已经不存在和谁生活一辈子，或者是宽容谁的问题——我已经决定要跟他断绝关系了。

里斯　这也太离谱了！难道只是因为他爱的第一个人不是你而是另外一个人……

斯沃华　另外一个人？

里斯　怎么，不止一个人吗？这我是不知道的，从未听说过。不过，像那种爱探听别人私事说闲话的人怎么能信呢？就像我刚才所说的，只因为他将眼光放在你身上之前关注过别的姑娘——很可能他那时根本就没有意识到你存在呢！难道因为这个就真的打算和他断绝关系吗？如果所有人都跟你一样的做派，还能有多少人有机会结婚呢？我简直不敢想象。他在所有人的眼里都是个善良忠诚的年轻人，即使再高傲的姑娘也可以相信他的真心——可不是吗？就在前几天你自己还说过这样的话，不要急着否认！然而现在你却突然要跟他断绝来往，就因为那么荒诞的原因！我得告诉你，再怎么高傲也得有个限度！这么荒唐的事我还真是闻所未闻。

里斯太太　男人不过都是这样罢了。

里斯　照你这么说，姑娘们怎么样？难不成她们是和你一样吗？我只知道姑娘们无论她们的未婚夫之前是否结过婚——听清楚，我是说"结过婚"，就干脆把他当结过婚不就行了。对吧，这又有什么关系呢？这不就是其他那些姑娘们的做法吗？——这点你得承认吧？你出席过各种舞会，那么哪种人在这种场合中更受欢迎呢？就是这类具备唐璜式风流气质的人啊。他们经常能出尽各种风头，这你也见识过很多次了，这还远远不只在舞会上这么简单。如果你因为这个就认定他们结不到婚，那你可就大错特错了——恰恰相反，他们不但能结到婚，往往还能娶到最出色的妻子呢！

里斯太太 确实是这样。

里斯 这是当然！除此之外，他们大多数也称得上是模范丈夫！

里斯太太 在这方面嘛，哼！

里斯 哦，他们确实是模范丈夫！——自然，还是有很少数例外的，这不是很正常吗？其实婚姻具备一种神奇的力量，那就是让妇女享有一种神圣的天职——最好不过的天职。

斯沃华 （已经起身）我能够耐着性子听您讲完这些话，是因为我理解您只能说到这个地步了。

里斯 谢谢！

斯沃华 （上前一步）照你这么说，婚姻仿佛只是专为男人设计的一个澡堂子……

里斯 哈！哈！

斯沃华 男人们想来就来，永远有权利随时进来洗一洗自己的身子，不管有多么的肮脏。

里斯 嘿，不要信口开河……

斯沃华 这就是我的真实想法，您觉得自己的女儿就该去做这种搓澡工吗，我还真是幸运啊，简直太幸运了——但是，谢谢您的抬举，我还真不想干这事儿。

里斯 不过……

斯沃华 请别插话，让我先说完，近两天来我说的话可并不多呢。

里斯 是的，你根本就不给我们跟你谈话的机会。

斯沃华　听我说，爸爸！你有一连串用不完的专用法则时刻供你在人前显摆。

里斯　专用？

斯沃华　我并不是说这些法则不属于您。您是善良、正直的人，您的生活也是这样的高贵优雅，正因如此，对于那一大堆法则我才可以不在意。正相反，我对妈妈传授给我的那些原则可是极其认真严肃的。遗憾的是，当我正要将这些付诸实践的时候，妈妈却跟我背道而驰。

里斯和里斯太太　（异口同声）斯沃华！

斯沃华　让我发脾气的人是妈妈！我不能忍受的也是她。

里斯　斯沃华，这真是……

斯沃华　说起来我和妈妈也在一件事上有过相同的意见，那就是有关男人们婚前的放纵问题，还有这种放纵的行为给以后的婚姻造成的巨大破坏。一直以来，我和妈妈研究了这个问题，并且得出了我们一致赞同的结论，那就是男人婚前的过于放纵是破坏婚姻的罪魁祸首。但就在那天，我发现妈妈已经渐渐地背离这个原则……

里斯太太　不是的，我不是这个意思。我是打心里信任阿尔弗的忠诚品格。

斯沃华　自从那天起，妈妈不再坚守以前的原则……天啊，简直太令我惊讶了！这甚至比当她跟我坐在一起谈话，却有人说在大街上看到她更令我震惊十倍。

里斯太太　我只是希望你能够多方面地考虑问题，我并没有完全否决你啊！

斯沃华　请让我先说下去，我说个例子给你们听听。记得还在我很小的时候，有一天我一个人穿过花园来到这个房间。那时我们刚住进来，我的心情好极了。当我进来的时候正好看到妈妈一个人站在那里，靠在门上哭得很伤心。当时是夏季，而且那天的天气也很不错。我问"妈妈，你为什么这么伤心"？妈妈好半天都没有抬头看我。我继续追问"妈妈，你怎么了"？我尽量靠她近些但不想触碰到她，她回过身来，在我前面走了几个来回，然后走过来拉着我的手，认真地说"孩子，不论发生什么，记住千万不能屈服于错误的、丑恶的东西，那是软骨头才会做的事！一旦你做了，就会让你后悔一辈子。因为这将导致你不得不永远屈服，只能不停地让步，越让越多，越让越多"。当时我还不理解她说这些话的意思，也从未问过。虽然这样，这件事却深深地影响了我——在那个美妙的夏天，妈妈的哭泣和她的肺腑之言永远刻在了我的心里！我是不会屈服的，绝对不会！现在，一切让我相信婚姻美好的事物都不存在了——包括我的信仰和安全感——都消失了！不，不，不！我不能就这样打开我的婚姻之门，如果你们非要我自欺欺人地骗自己说这样是对的，那简直就是一种罪过。在这种情况之下，在这样的羞辱面前，我还要屈服吗？不！如果真是这样的话，我宁愿孤独终老——就算是离开这里都可以！我自信总会找到让自己的生活快乐起来、丰富起来的东西，只不过现在没办法一下子改变罢了。做什么事情都好过用那些肮脏的东西来敷衍自己的生活。如果我选择接受这种错误的婚姻，那我自己不也就是在随波逐流吗？我知道总有些人能够做到睁一只眼闭一只眼，但是我绝对做不

到这样，绝对不能！在你们看来这是因为我太高傲了，因为我
还在生气。要是你们了解以前我和他在一起时有过什么样的计
划，那你们一定会理解我的感受了。我多么期望你们知道我之
前对他的看法，我是怎样地崇拜他——而你们也有过相同的经
历——那就会明白我此时的烦恼和孤独了，我原本设想的一切
美好的事物都已经幻灭——谁在哭啊？是你吗，妈妈？（她走到
母亲身边，跪下来，轻轻地把头靠在母亲的膝盖上。此时里斯进了
自己的房间）为什么我们一家人不能紧紧团结在一起、互助互爱
呢？要是那样的话还有什么值得我们去惧怕呢？爸爸，究竟是
什么挡住了我们的路啊？——咦，爸爸去哪里了？（望见正在窗
外的诺登医生）诺登叔叔！真是太意外了！（匆忙地穿过房间，
一下子扑到刚进来的诺登的怀中，止不住地流眼泪。）

诺登　哦，你这个傻孩子！真是个小傻瓜啊！

斯沃华　您得好好跟我谈谈！

诺登　我就是为你而来的呀！

斯沃华　我还担心你在山上收不到我们的信呢。

诺登　我一开始是在山上，但后来我不断地收到一封封的电报——
　　　就是指我可以收到的电报，接着又连续收到很多封快信。结果
　　　却是——呃，恐怕现在连这个名字都不许提了吧？

（里斯走出房间来。）

里斯　总算是盼到你了，我们都快急疯了！

里斯太太　（站起身，走上前来）非常感谢您能够及时地过来，亲爱
　　　的大夫！

诺登　（看着她）看来确实出了大事，对吗？

里斯太太 我得跟你谈谈。

诺登 好的，但现在请你们俩先回避一下，先让我跟这个傻姑娘谈谈。

（里斯太太穿过左门走了出去，斯沃华跟着她出去了一下子。）

里斯 我就是想先让你知道，再过不久……

诺登 克里斯滕森一家就要亲自登门是吗？我早就清楚了，走吧！

里斯 诺登！（耳语了一阵）

诺登 是的，是的！你说得对！……不，当然不行！（试图打断里斯说话）难道我还不知道自己该做什么吗？走吧！

（里斯才出门，斯沃华走了进来。）

斯沃华 亲爱的诺登叔叔，总算是有人站在我这边了。

诺登 你指的是我吗？

斯沃华 哦，诺登叔叔，您绝对想不到我这些天是怎么熬过来的！

诺登 我想最近这些晚上你一定不好过吧？但是你的脸色看上去还不错。

斯沃华 是的，这几个晚上我能睡着了。

诺登 是吗？我想我大概知道情况怎么样了。你可是个挺厉害的角色呀，你！

斯沃华 噢，诺登叔叔，不要尽说些玩笑话。

诺登 这不是我想说的话！

斯沃华 您一向是这样。好吧，但现在我实在没心情开玩笑，你知道吗？我心里火烧火燎的。

诺登 是吗，那你到底是想做什么事呢？

斯沃华 看，您又这样！

诺登 又这样？你凭什么认定我说的不是真心话？来,咱坐下谈。（顺手拉来一把椅子。）

斯沃华　（拉过椅子靠近他坐下）好了！

诺登　据说在我上次离开后，你在爱情方面公布了一条新的法则？
　　　恭喜你呀！

斯沃华　我真的那样做了吗？

诺登　是的，一条超凡脱俗的、斯沃华亲定的法则——我想应该是
　　　按照天使的要求制定的。"一个男人一辈子只能跟一个姑娘谈一
　　　次恋爱。"就是这条！

斯沃华　这是我的原话吗？

诺登　你甩掉他的原因，不就是他在遇见你之前爱过其他的姑娘吗？

斯沃华　您也是这样认为的吗？

诺登　啊！一个明白事理的人不就应该是这样想吗？这么好的一个
　　　青年真心实意地对待你，这么一个有实力的家族向你敞开大门，
　　　就像迎接高贵的公主似的。而你呢，反而说什么："你爱的第一
　　　个人不是我，算了吧！"

斯沃华　为什么？您跟我爸妈一样，就连您也这样——完全一样的
　　　口气！一模一样的蠢话！

诺登　我坦白跟你说，如果你不会站在别人的角度上思考问题，那
　　　才是真正的愚昧。不管怎样你总得面对。哦，你从我身边站起
　　　来了，在房间里走来走去，这没用！你非要继续走，我就跟你
　　　一起走！快来，坐这儿。我猜你肯定不"敢"和我探讨一下你
　　　心里的真实想法吧？

斯沃华　当然敢了。（再次坐下。）

诺登　好，第一点，难道你不认为关于这种话题的不同观点，必然

各自会有充足的理由吗?

斯沃华 这事只跟我一个人有关,并且对于我来讲,这个问题并非你说的有两面,而是只有一面。

诺登 你一点儿也没理解我的话,亲爱的斯沃华!你自己的事归根结底必须由自己处理而不是让别人随便干涉。但是当你面对的事情并非你想象得那么容易,又该如何做呢?如果这件事情是关系到千千万万的人呢?难道你不认为自己应该关注一下别人在这件事上的立场,思考一下别人的不同意见吗?在你看来一味地按照自己的想法对它进行批判就是合情合理的吗?

斯沃华 这些我都明白,而且你要我做的这些事我也早就做过了。这你可以问问我母亲。

诺登 哦,想必你和你母亲已经阅读并探讨了不少跟婚姻有关的书籍,还有不少关于消灭阶级差别的书——现在你竟然想要消除男女之间的差别。但是总体来说……

斯沃华 您认为我还有什么地方想得不周到吗?

诺登 就是你用同样的标准严格要求男人和女人,这种做法是对是错呢?

斯沃华 当然是对的。

诺登 实际情况真的是这样吗?你走到大街上,随便询问一下那些来来往往的路人,恐怕就会有百分之九十的人对此表示反对——即使回答问题的全是妇女!

斯沃华 这是您的心里话吗?相反我觉得人们的想法正在慢慢地改变。

诺登 也许吧。这得是阅历丰富的人才回答得出的问题。

斯沃华　这真是您的心里话吗？

诺登　这与你无关，况且我一向不说假话。一个女人在 16 岁的时候
　　　就能出嫁，但是男人却必须要到 25 岁甚至 30 岁才可以结婚。
　　　这就是差别。

斯沃华　确实如此！在这个世界上，不结婚的女人远远要多于男人，
　　　这一部分女人从不像男人那样放纵自己。而那些意志不坚的男
　　　人，却以此为借口给自己提供便利。

诺登　从你的回答中只能看出你的年幼、不成熟。男人作为一种一
　　　夫多妻的物种，跟世界上大多数动物一样——世界上女人所占
　　　的比例远远高于男人，这一点就是一个很权威的证明，你应该
　　　从来就没听过这种说法吧！

斯沃华　不，我当然听说过！

诺登　千万不要轻视科学！连科学都不信任，还有什么是值得我们
　　　去信任的呢？我倒是有兴趣了解一下。

斯沃华　我真希望在生育后代这件事情上，让男人也体验体验女人
　　　的痛苦！如果真的可以这样，诺登叔叔，我相信，他们一定很
　　　快就会抛弃那些愚蠢的原则了！只是稍稍地尝试一下就足够了。

诺登　他们肩负着天下重任，哪有闲工夫搭理生孩子的事。

斯沃华　您说得没错，他们早就为自己做出了最好的选择。既然这样，
　　　诺登大夫，请您回答我一个问题——一个人害怕把自己的想法
　　　付诸实践是不是一种懦弱无能的表现？

诺登　确实是的。

斯沃华　既然是的，为什么您自己却做不到言行一致呢？

诺登　你还不了解我吗？我的孩子！我一向是个不按常理出牌的怪

人。

斯沃华 哦，亲爱的诺登叔叔——您为什么一直坚持要留这样长的白发呢？

诺登 哦，这个嘛——这个当然是有原因的。

斯沃华 是什么原因呢？

诺登 现在不是谈这些的时候。

斯沃华 您曾经跟我讲过这其中的故事。

诺登 是吗？

斯沃华 有一次，我想用手摸摸您的头发，但您怎么都不允许我碰。然后您对我说"你知道我为什么不准你碰吗？"我摇摇头。您就告诉我"因为已经有 30 多年没人碰过我的头发了"。于是我就问"那是谁最后一次碰您的头发呢"？您回答说"是一个可爱的小姑娘，你和她很相像"。

诺登 原来我早就说给你听了啊？

斯沃华 您还告诉我："这个小姑娘是你外祖母的一个妹妹。"

诺登 是的。这些都是事实，你和她确实很相像，孩子。

斯沃华 然后您还跟我讲了您在念大学的那年，有一次她和您在一起时，把您的一缕头发缠绕在手指上玩耍，然后对你说："你要一直留着这么长的头发。"后来你们分别了。不久后，您写信问她是否愿意和您相守一生，她很快答应了。但不幸的是，一个月后她去世了。

诺登 是啊，她去世了。

斯沃华 从那时候起——您，亲爱的诺登叔叔，您就认定自己已经跟她结婚。（诺登轻轻点头）从我知道您的这件事起——当晚我躺在床上辗转反侧，失眠了很久，脑子里总回想着这件事。尽管那时的我还很年幼，但我当时已经下定决心今后自己一定要选择一个值得我托付终身的人。可是你看，我终究还是选择错了。

诺登　是这样吗，斯沃华？

斯沃华　我不想再提那件事情了。后来我又做了第二次选择，我满以为这次做到了万无一失，因为这是我见过的最忠诚的一双眼睛啊。你应该想象得到我们在一起时的日子有多美好！因为每一天都是崭新的，两个人在一起的时间永远是那么短暂。但我现在一点也不敢去回忆那些美好的时光。哦，这样的欺骗根本就是一种罪恶！——虽然没有利用什么甜言蜜语，手段却更加高明，先是赢得我们的尊敬，然后使得我们主动吐露自己的真心话。是的，没有任何谎言——但这的确是个陷阱。因为对于我们所说的一切，他们都不发表任何意见，只是一声不吭地表示默认。他们把我们看作是天真未泯，并且利用这种幼稚、纯真达到欺骗我们的目的。就这样彼此之间达到了不同于他人的亲近，一种可以畅所欲言、推心置腹的关系，这就让我们以为，所有这些只有唯一的可能——实际上却是个完整的骗局。我无法理解人怎么可以做到对自己心爱的人这样——因为他之前确实是爱我的。

诺登　他现在依然爱你。

斯沃华　（站起来）但这跟我之前给他的爱是不一样的！一直以来，我从未滥用我的爱情。还有，因为我对爱和被爱的想法太过完美，正因如此，我十分期待被爱——我可以对您说自己的心里话。爱情的降临似乎抽走了我身上全部的力量。可是我跟他在一起时，他给了我充分的安全感，因此我愿意把自己软弱的一面展示给他看，并且引以为傲。而现在这一点却令我感到无比的痛苦——因为他根本没有资格知道这些。他和我说过："我一看见其他人碰你就会无比的难受！"还说："当我一眼瞥见你的手臂，我就在心里想这条手臂只抱过我一个人的脖子——它是只属于我的，这个姑娘也是我一个人的，永远不会是别人的。"当我听到他这些话的时候我既感到无比幸福又觉得自豪，因为我确实信以为真了。我曾无数次地想象将来有一天会有这么一个人认真地对我说这些话。但我万万没想到，说这话的人竟然是这样一个——哦，真是不得不让人觉得恶心！我只要想到这些话的含义，就咬牙切齿地恨他！他的双臂拥抱过我——抚摸过我——一想到这个我就忍不住打战。我并非在给其他人制定任何法则，我所做的一切都是顺理成章的。这是我内心的真实想法。不要再来使我心烦了！

诺登　嗯，看来是我低估了事情的严重性，更没有想到你的态度这么坚决。他们对这事儿的看法可完全不一样，尤其是阿尔弗，他感到既难受又非常冤屈，因为你对他这么不信任。

斯沃华　这些我心里清楚。

诺登　是啊，好了，不要再坚持这种目空一切的高姿态了吧！我向你保证大部分人是这样认为的。

斯沃华　您真是这样认为的吗？但我觉得人们的想法正渐渐地发生转变呢！

诺登　大部分人会想："如果这个姑娘是真心爱着那个男人的话，那她就一定会宽容他的过错。"

斯沃华　也许很多人跟你的想法不一样，他们可能会想："要是这个姑娘宽容他的话，反而说明她对那个男人并非真心地喜欢。"

诺登　但是，斯沃华，事情终究是……

斯沃华　亲爱的诺登叔叔！您难道还不明白吗？恐怕连我自己也难以说清楚，如果非要厘清这些，就必须从各个方面来进行解释——包括他们的外貌、品格、气质，还有他的一个动作、一个微笑对于我们有什么样的意义——而这正是我失去的东西，这些对我来讲已经没有任何价值了。

诺登　可能现在会是这样，等时间一长自然就会好了。

斯沃华　不，不，不！您还记得我以前写的描述爱人形象的歌词吗？歌词里面说爱人的形象永远是幸福的，就像被固定在了幸福的框架里面，您还有印象吗？

诺登　当然。

斯沃华　那好——可是如今在我的心里，爱人的形象已经发生了彻底的改变。即使我能见到它——却附带着摆脱不了的悲痛，永远的悲痛！难不成我也得宽容这个，仅仅是因为其他人都采取妥协的态度吗？您能告诉我其他的姑娘们所爱的究竟是什么呢？您清楚吗？现在我所爱的一切都已经彻底地毁灭，但我不愿意干坐着祈求上天的眷顾，盲目地相信自己还能再找回来。我会另作安排。

诺登　现在的你是因为太过生气而失去了理智。当你的希望幻灭之后，巨大的痛苦让你变成这样，在你真正静下心认清形势之前，不管什么劝告你都是听不进去的。所以我希望你能答应我一个小小的要求——而且你一定得做到，可以吗？

斯沃华　只要是我做得到的事。

诺登　你可以的。要思考的事情不少，你需要时间好好想想。

斯沃华　天哪！——妈妈给您写信了！

诺登　是啊，不过这又怎么样呢？你母亲很清楚这其中的利害关系。

斯沃华　到底是什么复杂的关系？您说话怎么总说一半呢？听起来似乎我们家有什么天大的麻烦似的，到底是怎么回事？爸爸还说过要将这所房子卖掉，到底是因为什么？

诺登　他当然有自己的理由。

斯沃华　爸爸吗？是因为经济上的难处吗？

诺登　当然不是！是因为你将受到来自社会各阶层的批判。你要想清楚，你打算做的事情可是个巨大的挑战啊！

斯沃华　哦，对于这些批判我们毫不畏惧！你也清楚爸爸有些奇怪的理论，但他自己却是……没人能对此产生任何质疑吧？

诺登　你得记住，我亲爱的孩子！你永远没办法阻止他人的流言蜚语，所以你得行事谨慎啊！

斯沃华　您到底想说什么？

诺登　我是在想，趁现在克里斯滕森一家还没到，也许你有必要到花园里走走，让自己的脑子冷静冷静。尽量平复一下自己的心情，然后镇定地走过来，跟他们说你需要时间仔细想想。你只要做到这种程度就可以了。我保证他们一定会点头答应的，现在事情还没到不可收拾的地步，所以还有和解的可能，听我的话没错！

斯沃华　我已经都想清楚了——我是不会改变初衷的，不管您怎么劝都是徒劳。

诺登　不，不。我不过是依照常规做事。

斯沃华　你说的是什么意思？我听得出来有弦外之音，一定是的。

诺登　你真是个倔强的姑娘！那如果说是为了你的母亲，你愿意这样做吗？您的母亲是位了不起的女人。

斯沃华　如果我走到他们面前说："我希望你们再多给我点时间，让我再仔细想想，好吗？"他们会是什么样的反应呢？不行，我还是做不到。

诺登　那你打算说点什么呢？

斯沃华　如果可以的话我宁愿保持沉默。但若是非得说点什么……

诺登　你必须要说点什么！

斯沃华　好吧，那我先去好好想想。（走了一半又回身）但是您所说的我还是做不到。

诺登　你必须做到！

斯沃华　（在门边停住）刚刚您说了一句"您的母亲是位了不起的女人"是着重说了"母亲"这两个字是吗？

诺登　如果我说是呢？

斯沃华　难道您认为爸爸不是吗？

诺登　难道非得要我说你爸爸也是个了不起的女人吗？

斯沃华　为什么您要在这时候开玩笑呢？

诺登　因为这个话题很严肃，该死！

斯沃华　难道爸爸不值得信赖吗？

诺登　嘘！

斯沃华　爸爸？——难道他也同样……别人知道的吗？（诺登一声不响，坐着不动）耻辱！不会的！绝对不会！（奔向外面，里斯穿过右门走进来。)

里斯　斯沃华，怎么了？

诺登　(迎面走近) 简直无计可施。

里斯　怎么了？这话怎么说？

诺登　没办法，真是该死！唉……

里斯　没办法？到底怎么了啊？

诺登　这还用问吗？

里斯　你刚才嘀咕什么呀？

诺登　嘀咕什么了？

里斯　你说无计可施了，真听得我着急！

诺登　我说的话让你着急了吗？你听错了。(从里斯身边走开。)

里斯　听错了？我还听见你骂得很凶呢！

诺登　这个确实没有。

里斯　好了，就当没有吧。你和斯沃华谈妥了吗？你快点给我说说呀？

诺登　我跟斯沃华谈妥了吗？

里斯　你怎么满腹心事？事情就这么难办吗？

诺登　满腹心事？我为什么要满腹心事？

里斯　只有你自己清楚。我想知道斯沃华怎么说的，你们到底谈出了什么结果？——我应该有权知道这个。

诺登　听着！里斯。

里斯　怎么？(诺登握住里斯的手臂) 发生什么了？

诺登　你刚才注意到斯沃华的样子了吗？

里斯　看到她急匆匆地跑进花园吗？是的，发生什么事了？亲爱的朋友！

诺登　这根本就是希腊式的悲剧。

里斯　希腊？

诺登　这不重要——只是个称呼而已，我想你应该明白这个词语的意思吧？是吗？

里斯　你是说哪个？希腊吗？

诺登　不，不是"希腊"，我是指"悲剧"。

里斯　一个无比悲痛的故事吗？

诺登　不！是件挺有意思的事！悲剧是由于崇敬酒神狄俄尼索斯才去的希腊，在酒神狄俄尼索斯的队伍中有一头山羊……

里斯　（抽出自己的手臂）一头山羊？你说的是什么呀？

诺登　是的，你确实应该表示惊讶——它还会唱歌呢！

里斯　唱歌？

诺登　不仅如此——直到现在也还是唱个不停。除此之外，还会作画和铸造各种塑像，而这些画则被放在各个展览馆内。嘿！真是位杰出的人才！永远神采奕奕地出入宫廷，出席各种社交活动，真是多才多艺啊……

里斯　你发什么神经？

诺登　你怎么会这么说？

里斯　我就这么耐心地听你说完这堆没用的话！一旦你有点兴致就说个没完，平日里说些奇怪的话也就罢了，今天这些话我可一句都没听懂。

诺登　你一点也听不懂吗，朋友？

里斯　你就不能直截了当地说说我女儿是什么态度吗？我根本不能

从你的话中得到任何有用的东西，这真是可笑，不是吗？你就好好地跟我说说，斯沃华到底是怎么想的？

诺登 你是真的想知道吗？

里斯 这还用问！

诺登 她说她为那些思想单纯的年轻姑娘们感到可悲，渐渐地一个个地消失了。

里斯 她们上哪去了？

诺登 是啊！去哪了呢？她说："那些年轻的姑娘们从小接受天主的教诲，但最终却什么都没能得到，还要被人用白色面纱挡住她们的视线，只能被人牵着鼻子走。"

里斯 你又开始胡说你那一套了，你就不能让我……

诺登 闭嘴！这些都是你女儿说的。她说："我可不要像她们那样，我一定要非常自信地踏进婚姻的殿堂，在我祖先生活过的地方，在温暖的家庭中踏踏实实过日子，跟我亲爱的丈夫一起抚育孩子。但前提是他得和我一样品性高洁，不然就算他只亲吻了一下我孩子的额头，我也会认为这是一种侮辱，也是对我的侮辱。"这下你知道了吧，她说的就是这些，她还说得头头是道呢。（门铃响了一下。）

里斯 他们到了！是他们呀！谁知道接下来事情会变得怎么样呢！我们竟然还在为这些乱七八糟的话争个不休，这些没头没尾的话简直快要让我精神崩溃了！（快步走向门口，欢迎克里斯滕森夫妇，玛丽正将他们引进门）真高兴见到你们！我真的太激动了！阿尔弗呢？

克里斯滕森 我们有意没让他跟过来。

里斯　真是遗憾呢！但我能够理解。

克里斯滕森　亲爱的先生！贵府美丽的景色总让我忍不住地惊叹。

克里斯滕森太太　是的，这个老庄园确实很美！以前我甚至想过……
　　哦，早上好，大夫！您最近还好吧？

诺登　老样子，还不赖。

里斯　（对玛丽）去把里斯太太请过来，另外，哦，她到了。（里斯太
　　太正穿过左门走进来）现在把斯沃华小姐请过来。

诺登　她现在正待在那边的花园里（手指花园的方向）——就是那儿。
　　（玛丽下。）

里斯　不对，是这边！——没错！往前直走就行了。

克里斯滕森太太　（正和里斯太太并肩一起向前走过来）亲爱的！近些
　　天我心里总是想着您，看来这还真是件麻烦事啊！

里斯太太　您之前就清楚这件事吗？希望您不要介意我这么直接地
　　问你。

克里斯滕森太太　我亲爱的！现在身为一个母亲，或者说作为一个
　　家庭的主妇，不清楚的事还少吗？您知道，那个女人原本是跟
　　在我身边的。请您靠近一点！（在里斯太太耳边说悄悄话，最后
　　说到了"查明真相"和"开除"之类的词语。）

里斯　（帮忙拿椅子）请您二位坐下来吧！——哦，对不起，我没注
　　意……（走到克里斯滕森眼前）真是抱歉！您坐这把椅子感觉
　　还好吗？

克里斯滕森　多谢您，我现在坐立难安啊，而且我最不喜欢坐下了。
　　（又起身，环顾四周）我刚刚跟那个人见了一面。

里斯　您是说霍夫吗？

克里斯滕森　是个愚昧的老实人。

里斯　只要他不说出去……

克里斯滕森　这不用担心，他会做到。

里斯　谢天谢地！现在就剩下我们之间的问题了，恐怕这事让您多少花费了一点吧？

克里斯滕森　一点都没有。

里斯　这么说，这事您做得挺划算啊！

克里斯滕森　是啊，没错。实际上，我在他身上已经花费了一大笔，只是他完全不知情。

里斯　是吗？应该是因为他破产的事吧？

克里斯滕森　错了，是在他结婚的时候。

里斯　哦，我知道了。

克里斯滕森　我当时还觉得自己从此高枕无忧了呢。看样子两位太太很是谈得来啊。

（克里斯滕森太太直走过来，里斯把椅子拉给两位太太。）

克里斯滕森太太　我在跟里斯太太说关于唐小姐的事。好像她又复活了似的！

克里斯滕森　请问，令爱在家里吗？

里斯　我已经让用人去请她了。

克里斯滕森太太　我只希望这些天她能够悟到一些道理，可怜的孩子！她也会有聪明反被聪明误的时候——我指的是她自视过高。

里斯　是的，您说得没错！不过我把这个称作傲慢。

克里斯滕森太太　我认为没到这个地步——但是，或许可以说是自高自大吧。

里斯太太　为什么您这样看她呢，克里斯滕森太太？

克里斯滕森太太　因为在这之前我跟她谈过多次。有次我说到丈夫是妻子的主人——像现在这种年代，姑娘们必须明白这个。

克里斯滕森　对了，这是当然！

克里斯滕森太太　但当我严肃地给她讲圣保罗的名言时，她却说："是的，我们妇女的灵魂至今为止还被禁锢在这些礼教的桎梏中。"从听到这些话起，我就预料到会出问题了。俗语说得好，骄兵必败！

克里斯滕森　别再说了，这套说辞完全不合情理！

克里斯滕森太太　怎么说呢？

克里斯滕森　本来就是。首先，里斯小姐并没有任何问题，而是你的儿子犯了错；其次，他犯错的原因不在于里斯小姐的高傲，因为这件事情早就发生了，远在里斯小姐表现出她的高傲之前。因此，要是你说自己早预料到会因为里斯小姐的高傲出问题，那你就是未卜先知了。

克里斯滕森太太　哟，你这是在嘲笑我啊！

克里斯滕森　我下午 1 点得准时参加一个委员会。请问令爱到底怎么回事？

里斯　唉，真的，我不得不……

　　（以上这段戏进行的过程中，诺登一直在舞台后方徘徊，时而待在房间，时而在花园里走来走去。正好此时玛丽经过窗外，可以听见诺登和她的对话。）

诺登　你现在才找到里斯小姐吗？

玛丽　不，先生。我已经给小姐送过一次帽子、手套和洋伞了。

诺登　她打算出门了吗?

玛丽　这个我不太清楚。(走出去。)

克里斯滕森　真是稀奇!

里斯　这到底是什么情况? (转身向外面走去,想马上把她找回来。)

诺登　等等,你不要去!

里斯太太　我想还是我去比较合适。

里斯　对,你去!

诺登　不,还是我去。可能有我的原因,(向外面走去)我一定能让
　　　她过来。

克里斯滕森　真是稀奇!

克里斯滕森太太　(从椅子上站起来)我亲爱的里斯太太,恐怕我们
　　　来得不是时候吧? 看来令爱还没做好面对这件事的准备呢。

里斯　哦,请您多多包容! 我保证都是因为她看多了书上那些浮夸
　　　的理论,也是她妈妈在这方面的管束不够啊!

里斯太太　我? 你这是在说什么呀?

里斯　我的意思是现在是很关键的时刻,就现在而言,事情显而易
　　　见,——是的,就是这样!

克里斯滕森　里斯太太,您的丈夫突然想通了一个道理,和我们的
　　　牧师——准确地说是我妻子的牧师一样。那天用完晚餐后——
　　　我不得不强调一下,是在一顿极为丰盛的晚餐过后——这往往
　　　被人们看成是最适合高谈阔论的时间。我们谈到如今的社会上
　　　的女人比以前那些女人学的东西要多得多,说到有人认为学这
　　　些毫无用处,因为一旦她们结婚,就把这些完全丢弃了。这时
　　　牧师扬扬自得地说:"是的,我妻子早就把拼音忘在脑后了,我

希望她能很快忘掉怎么写字！"

克里斯滕森太太 你真是模仿得惟妙惟肖，叫人发笑——虽然这样做有些不礼貌。

（克里斯滕森盯着他的表看了一会儿。）

里斯 看来他们是不打算过来了！我们两个谁去一趟？

里斯太太 （站起身来）我去。但是他们怎么能这么快……

里斯 （走近她身边，低声说话）这都得怪你，我知道得一清二楚！

里斯太太 我看你是连自己在说什么都不知道吧。（走出去。）

里斯 （走向前来）我不得不真诚地向您道歉，我万万想不到斯沃华会表现得这么无礼。因为我向来为我们家的待客之道感到骄傲。

克里斯滕森太太 说不定是发生了什么事呢？

里斯 抱歉，您指的是什么？——哦，天哪！

克里斯滕森太太 哦，请您不要会错意了，我认为这很正常，现在这些年轻的姑娘们只要情绪不好就不想见人。

里斯 即便是这样，也太过分了，克里斯滕森太太，真是不应该啊！而且还是在这样的情况之下。请您二位允许我失陪一下，我必须亲自去看看究竟发生了什么。（匆忙地走出去。）

克里斯滕森 要是阿尔弗在这儿，我想他一定也会追着这个娘们满园子跑的。

克里斯滕森太太 你怎么能在这儿说这么粗鲁的话呢，亲爱的！

克里斯滕森 现在房间就只有我们俩不是吗？

克里斯滕森太太 是的，但也不能说……

克里斯滕森 好吧，那我只好引用一位古人的名言了："怪只能怪自己上了贼船。"

克里斯滕森太太　你就再耐着性子等等吧！我们必须这样做。

克里斯滕森　呸！我们没有这个必须！你没看见里斯的样子吗？他比我们更担心把事情弄僵了。

克里斯滕森太太　是的，我确实看到了，但是……

克里斯滕森　斯沃华这件事做得太离谱了，她简直是在挑战底线。

克里斯滕森太太　阿尔弗跟你想的一样。

克里斯滕森　那就应该把他叫到这儿来，说出自己心里的想法，本来我就打算让他跟我们一起过来的。

克里斯滕森太太　他正处在恋爱阶段，这个时期的男人免不了有点胆小。

克里斯滕森　瞎扯！

克里斯滕森太太　哦！如果别人都跟你一样有那么丰富的恋爱经历，就一定不会那么胆小了。（从椅子上起身）看，他们走过来了！不，没看到斯沃华。

克里斯滕森　她还没来吗？

克里斯滕森太太　我没看到她。

里斯　（正走到门口）他们都过来了！

克里斯滕森太太　斯沃华也到了吗？

里斯　当然，斯沃华也来了。她让我们先来一步，我想她是要先平复一下心情吧。

克里斯滕森太太　（又坐下）嗯，我就知道是这样，可怜的孩子呀！

里斯太太　（走进来）斯沃华马上就来了。（走近克里斯滕森太太）还请您多包涵，亲爱的克里斯滕森太太，这两天她确实很难过。

克里斯滕森太太　是的，我当然能理解。任何人第一次碰到这种问题都会不知所措的。

克里斯滕森 事情变得越来越有意思了啊。

（诺登上。）

诺登 我们先来了，她随后就到。

里斯 我希望她能尽量快点，不会再拖延了吧？

诺登 她就跟在我后面。

里斯 她来了。（到门口迎接，诺登和里斯太太也在房间的另一头站起来迎接斯沃华。）

克里斯滕森 真是女王的排场。

（斯沃华走进来，戴着帽子，两只手分别拿着手套和洋伞。克里斯滕森夫妇都站起来。她向他们微微鞠躬，然后走到舞台右边靠前的位置。所有人都坐下一语不发。最左边坐的是诺登，依次过来分别是里斯太太、克里斯滕森太太和克里斯滕森。里斯坐在最右边，往后跟大家拉开了一点距离。他看上去如坐针毡，不断地坐下去又站起来。）

克里斯滕森太太 亲爱的斯沃华，我们来拜访是因为——总之你心里也清楚。发生这样的事情我们心里也不好过，但是不管怎样，既然事情已经发生，也是没办法的事。任何人都不能替阿尔弗辩解什么，即便是这样，我们最好能采取宽容的态度，尤其是你——作为他深爱的人，在这时候更应该大度一些。因为他对你确实是真心实意，我想关于这个你比我们更清楚。这不就使得问题变简单了吗？

克里斯滕森 是的呀！

里斯 是的呀！

诺登　说的是！

克里斯滕森太太　还有，即使你不同意我这些话，你也应该会相信我对阿尔弗的认识吧。亲爱的斯沃华，在我看来，他的品行可以向你担保他会绝对地忠诚于你。要是你愿意的话，他会以自己的名誉发誓……

里斯太太　（站起来）不，不行！

克里斯滕森太太　你怎么了，我亲爱的里斯太太？

里斯太太　不要现在发誓！等结婚的时候再这样做。

诺登　里斯太太，起两次誓不更有保障吗？

里斯太太　不，没有必要，现在不要这样做！（再次坐下。）

克里斯滕森　对于我们亲爱的朋友——诺登医生说的话，我觉得很诧异。亲爱的诺登先生！您是不是也认为只要有了像我儿子一样的行为，就没有资格跟一个好女人结婚了呢？

诺登　当然不是！我从未听说过有人是因为这种事情没办法结婚——还不是照样过上了很幸福的生活。总而言之，是斯沃华的做法与众不同。

克里斯滕森太太　我不想夸大事情的严重性，但是斯沃华确实还没意识到一点，那就是她不能像以前那样随心所欲了。传统的观念认为订婚就代表结婚，至少我觉得这是很有道理的。一旦我跟定了一个男人，从此以后那个男人就成了我的丈夫，他有管我的权利，而我必须敬重他——无论他做事是否正确。我不能想做什么就去做什么，想离开他就随时离开。

里斯　虽然这是传统的观念，却非常合情合理。我真是太感激您了，克里斯滕森太太！

诺登 我也这么认为。

里斯太太 但若是一旦订婚就不能反悔，那……（话到嘴边又咽下去）

克里斯滕森太太 您想说什么，亲爱的里斯太太？

里斯太太 噢，没什么——没什么的。

诺登 里斯太太是想说如果订了婚后悔就为时已晚，那么人们就应该在这之前把所有的话都挑明了。

里斯 哪有这样的道理！

克里斯滕森 好啊，这可以试试看，对吧？是不是今后男人求婚的时候得这样说："我亲爱的谁谁谁，迄今为止，我谈过多少多少次恋爱——其中几件大的，几件小的。"这还真是个顶好的开场白，不是吗？接着就是……

诺登 接着就是向这位小姐郑重承诺她是你唯一的真爱？

克里斯滕森 嗯，差不多，但是……

里斯 阿尔弗过来了！

里斯太太 是阿尔弗吗？

克里斯滕森太太 是啊，确实是阿尔弗！

里斯 （已经快步走到门口迎接阿尔弗）啊，真好！我们很高兴看到你来！

克里斯滕森 你觉得如何，孩子？

阿尔弗 既然事情已经发展成这样，我别无他法，只能自己过来了。

克里斯滕森 我跟你的看法一样。

里斯 没错，这种做法合情合理。

（阿尔弗走到斯沃华面前，向她恭敬地鞠躬。斯沃华微微鞠躬，没有看他。他重新退回去。）

诺登 早安，孩子！

阿尔弗 也许我不该这时候来对吧？

里斯 当然不是！恰恰相反。

阿尔弗 但我明显感觉到里斯小姐并不怎么欢迎我。〔没有人接话。〕

克里斯滕森太太 但我们正在开家庭内部会议。不是吗？亲爱的小姐！

里斯 我非常肯定，所有人都非常欢迎你！还有，我们都很想知道你要说些什么。

克里斯滕森 是的。

阿尔弗 您知道，直到现在我还没有得到一次为自己辩解的机会。不管我怎么做都被拒之门外——不管是亲自登门拜访还是写信。因此我认为现在来的话，至少会有人愿意听进去几句吧。

里斯 这是当然，没人会唱反调。

诺登 我们都洗耳恭听。

阿尔弗 那我就把里斯小姐的一言不发当成默许好了，我就开始说了……其实，我并不想长篇大论。我只想事先强调一点，我之所以向里斯小姐求婚，是因为我那时候一心一意地爱着她——她是我唯一的爱。那时的我就想，如果她爱我就像我爱她一样，那么这将是我此生最大的荣幸，当然，我现在还是一如既往地爱她。〔他暂停了一下，似乎是等大家发表意见。所有人看向斯沃华〕原本我还可能会主动解释一下，但是照现在的情形看来，似乎没那个必要，因此我不打算多说了。但我认为，我并没有义务一定要做出什么解释！对这点我决不退步，因为这关系到我的名誉。我应该向她承诺的是我婚后的生活。谈到这个，我不得不说我感到伤心——极度地伤心，因为里斯小姐竟然不能做到对我完全信任，迄今为止我还从未受过任何人的质疑。我尊重里斯小姐，但我必须得到她完全的信任。（大家都沉默）我要说的话就是这些了。

里斯太太　（情不自禁地站起身来）但是，阿尔弗，如果一个女人，在同样的情况下，也说一样的话，会有谁信任她呢？

（现场一片静寂，斯沃华哭了起来。）

克里斯滕森太太　可怜的孩子啊！

里斯　信任那个女人吗？

里斯太太　是啊。如果是一个女人，有着同样的经历，信誓旦旦地在这儿忏悔，保证自己今后一定忠诚，谁会信任她呢？

克里斯滕森　有着同样的经历？

里斯太太　也许这种说法过于直接。但为什么女人就一定要绝对地信任男人呢？因为男人自己就做不到这样啊。

里斯　（走到里斯太太身后）你这是在发什么疯？

克里斯滕森　（缓缓地半起身）请允许我插句话，太太们，先生们，我们更应该让这两个年轻人自己来处理这件事。（坐下去。）

阿尔弗　我不得不承认我从未想过里斯太太说的这种情况，因为这种事情是不可能发生的。一个看重自己声誉的男人如果不了解这个女人的一切，他就不可能冒险娶她过门。不可能的！

里斯太太　那么一个看重自己声誉的女人呢，阿尔弗？

阿尔弗　哦，这是两码事。

诺登　坦白地说，一个女人不管婚前、婚后都得忠诚于自己的丈夫，而男人则不然，他们只要在婚后做到就行了。

阿尔弗　像您这样说也对。

诺登　（站起身对斯沃华）我的孩子！我本来想让你待会儿表态，但现在我觉得你必须马上做出决定。

（斯沃华走到阿尔弗面前，把一只手套对准他的脸重重地扔下去，随即径直走进自己的房间。阿尔弗转身望着她的背影，里斯立刻奔回自己的房间了。所有人都站了起来。克里斯滕森太太挽着阿尔弗的手臂一起走出去，克里斯滕森也跟着出去了。里斯太太站在斯沃华紧闭着的房间门前。）

诺登　这可就是正式扔出挑战的手套了！

里斯太太　（对着门里面）斯沃华！

克里斯滕森　（走进来对着诺登说话，诺登背过身没看见）看来，这是要开战了？——好啊，在这方面我倒略知皮毛。（走出去，诺登回过头来，看着他离开。）

里斯太太　（仍旧站在门前）斯沃华！

（里斯冲出自己的房间，戴着帽子、手套、拿着手杖，急匆匆地去追克里斯滕森一家。）

里斯太太　斯沃华！

〔幕落〕

第三幕

第一场

景：在诺登医生家的花园里，花园前就是他的一处非常别致的平房住所。

〔**幕启**，诺登医生正坐在舞台前面的椅子上看书。这时老仆人托马斯推开房门，伸出脑袋环顾四周。〕

托马斯　大夫！

诺登　什么事？（阿尔弗站在门口）噢,是你来了！（起身）怎么了，我的孩子？看上去你脸色很差啊！

阿尔弗　确实不好，暂时不要管这个。您能先弄点早餐给我吃吗？

诺登　你还没用早餐啊？你整晚都没有回家吗？——从昨天开始就一直没回去吗？（喊）托马斯！

阿尔弗　吃完早餐后，我想跟您说说话，可以吗？

诺登　当然可以，亲爱的孩子！（对从屋内走出来的托马斯）请你把早点端进那间房间。（用手指向左边的一扇窗。）

阿尔弗 我可以在这儿洗个脸吗？

诺登 托马斯会安排的，我随后就到。（阿尔弗跟着托马斯进屋。正好门外传来马车停下的声音）托马斯，去看看是谁的马车来了。我今天不接待任何患者！明天我就准备走了。

托马斯 （上前）是克里斯滕森先生。（再次进屋。）

诺登 噢，是他！（走近靠左边的窗口）阿尔弗！

阿尔弗 （走到窗口）怎么了？

诺登 是你父亲来了，如果你不想让他知道你在这儿，可以把百叶窗放下。（百叶窗被放下来了。）

托马斯 （克里斯滕森上）请走这边，先生。

（克里斯滕森身穿宽大的礼服，外面套着一件单薄的大衣，胸前别着圣奥莱夫勋爵的十字章。）

克里斯滕森 我没有打扰到您吧，大夫！

诺登 当然没有！全副盛装！容光焕发！恭贺大喜啊！

克里斯滕森 嗯，没错！作为新受封的爵士，今天就得进宫觐见。但在这之前，我想先跟您谈一下，好吗？——你知道里斯家最近有什么动静吗？

诺登 没有。他们大概是在等着"开战"吧。

克里斯滕森 那就没有必要了，就今天吧。斯沃华还是那样冥顽不灵吗？女人一般对这种事情都表现得很在意，但过不了多久就没事了。

诺登 我觉得这不一定。当然您的见解比我高明得多。

克里斯滕森 多谢夸奖！我反倒觉得您才是解决家庭纠纷的专家，

我可比不上您。昨天斯沃华根本就是一条可怕的电鳗，而且她也算是狠狠地发泄了一通。阿尔弗到现在还没回家。他的反应倒是让我满意，总算还知道什么是羞耻，我还以为他已经变得恬不知耻了呢。

诺登　我对于马上要爆发的"战争"很是好奇。

克里斯滕森　噢，您是想观战吗？好啊！事实上不需要什么作战计划。关于瑶司太太的官司就是个撒手锏啊，朋友！你也清楚这件事情只有银行说了算。

诺登　但这跟阿尔弗的婚事没什么关系吧？

克里斯滕森　是吗？里斯小姐要跟我儿子解除婚姻关系，理由是她无法原谅阿尔弗的婚前行为，但她自己的父亲婚后这么多年还做出这种丑事！用里斯自己常说的那句外国口头禅就是：这事儿还真有点意思。

诺登　话可不能这么说，整件事情全是您儿子一个人的错。

克里斯滕森　不，这件事不能怪阿尔弗，他又没做任何损害里斯家的事情，一件都没有！他是个信守承诺的人，他向里斯小姐许下的诺言都做到了。难道不是吗？谁敢怀疑他的忠诚？如果有人这样做就是对他的羞辱。诺登大夫！这件事情的解决办法只有两个：和解或开战。我绝对无法隐忍下去，要是阿尔弗能忍受这个，那他一定会受到我的轻视。

诺登　哦，我当然相信阿尔弗当初的许诺是真心的。也许他会一直坚守下去。但是谁又知道呢？我的生活阅历让我行事更加谨慎。作为一名医生——我太了解了——昨天他确实做得不够好。请恕我冒昧——就凭他年轻时的玩世不恭，还有他的家庭遗传因素，即便是别人对他产生怀疑，包括他的未婚妻犹疑不决的态度也是很正常的事。难道你真的认为他还有权利觉得自己委屈，或是大言不惭地要求别人道歉吗？别人为什么要向他道歉？就因为对他品行的质疑吗？您自己好好想想吧！

克里斯滕森 呃，你什么意思？

诺登 等等，我还没说完。至于您提到的和解的事，和解无非就是结婚。要是阿尔弗真的心甘情愿跟一个对自己没有信任感的女人结婚的话，我一定会轻视他呢！

克里斯滕森 这也太……

诺登 是的，我一定会轻视他。瞧！咱俩的观点截然不同。照我说，如果阿尔弗依然爱着斯沃华的话，他只有选择退步，然后静静地等待。我就是这么认为的。

克里斯滕森 依我看，没几个求婚的年轻人能保证不犯这样的错误，对于这点我毫不怀疑。并且他们身上大概也会有类似的"遗传因素"——这是承蒙您对我的友好而特别使用的字眼。但作为已经订婚的姑娘，能因为这个就像里斯小姐这么折腾吗？——又喊又叫，弄得尽人皆知！照这样下去，我们还能听见自己的声音吗？那才叫有史以来最荒谬的一场大动乱呢！绝对不行，这完全是在颠倒是非！要是这样还不够，还要以这种无稽之谈作为"高级道德法庭"对我们展开攻击，那我们只有采取强硬措施了。再见！（站起来准备离开，但又转过身来）您以为这种"高级道德法庭"的审判会让什么人成为最大的受害者？正是那些最精明能干的年轻人。莫非我们要把他们驱赶出去，让他们成为被所有人轻视的异类吗？还有，受到损害的远远不止这些。

世界上存在的绝大多数的文学和艺术；社会生活中大多数妙不可言的事物；尤其是那些人口众多的宏伟的城市——称得上是世界的奇迹！实话告诉您吧，那种不以婚姻为生活重心，或者说试图挣脱婚姻的束缚，完全改变婚姻规则的生活——您知道我指的是什么——就是被说成以时尚、奢靡、享受、文艺、剧院等等作为"诱人的罂粟"的生活——这恰恰是使这些大城市变得魅力无限的原因所在，甚至可以说是它们的生命线。我见过的所有人，不论他多么自以为是，都不得不承认这个。难不成我们要彻底毁掉这一切吗？——我们理应剥夺这些最杰出的年轻人在社会上的位置；理应毁坏这些伟大的城市吗？我反倒认为，如果人们事事讲道德，最后免不了弄巧成拙，造成社会道德的完全丧失。

诺登　您投入这么大的火力来应付这种小场合，还真是大材小用了！

克里斯滕森　亲爱的先生，这只不过是冰山一角，但有这些就已经足够了。全城的人都将支持我的观点，您尽管放心。

托马斯　（出现在房间门口）大夫！

诺登　（回头）啊！真是意料之外！（连忙走上前迎接正站门口的里斯太太）

里斯太太　请问我可以……

诺登　当然可以了。请过来这边好吗？

里斯太太　（克里斯滕森向她微微鞠躬，她对他说）实际上我是为了见您才来这儿的，克里斯滕森先生。

克里斯滕森　非常荣幸。

里斯太太　您从马车上下来的时候我碰巧从窗口看到了，所以我觉得必须趁这个机会过来见您——因为您昨天向我们示威了，不是吗？您已经向我们宣战了吧？

克里斯滕森 是的，里斯太太，但实际上我不过是接受挑战的一方。

里斯太太 要是您不介意的话，我想问问您的作战计划准备得怎么样了？

克里斯滕森 我刚才跟大夫表明了我的态度。我不确定对您说这话，是否会表现得太过无礼。

诺登 那就由我来说吧，您的丈夫将会是被攻击的对象，克里斯滕森先生决定主动进攻。

里斯太太 这是当然！因为您很清楚自己可以伤害到他，但我来的目的是想让您三思而后行。

克里斯滕森 （轻笑一声）是这样吗？

里斯太太 有一次，在现在看来算是陈年旧事了——我带着孩子威胁我的丈夫说要离开他。当时他引用另外一个人的事迹为自己辩解——一个很有名的人物，他说："你看别人的妻子为什么那么胸襟开阔。正因如此，她才能得到她的朋友们的宽容，这才是真正为孩子着想。"这是他当时说的原话。

克里斯滕森 是啊，仔细想一下这些话，还是说得很在理的呀！您一定是听从了这些话啰？

里斯太太 在大部分人的眼中，一个离婚的女人是会受到鄙视的，所以像这种女人的女儿也好不到哪儿去。而这种现象正是那些引导社会风气的权贵们造成的。

克里斯滕森 但这又有什么……

里斯太太 因为这正是我当时没能下决心离开他的原因，我完全是为了孩子的将来考虑。同时这也成了我丈夫做那些事的借口——他也不过是随波逐流罢了。

克里斯滕森　我们都是这样做的，里斯太太。

里斯太太　但是树立这些榜样的大多数是上流社会的领导人，而且在这件事上，他们做出了一个很具诱惑性的榜样。我觉得一直以来从我丈夫嘴里听到的各种言论，全都是出自您的口中，这一点我没说错吧？要说错了的话，那么最起码从昨天您儿子的话中，更容易让人听出您的想法，不是吗？

克里斯滕森　阿尔弗昨天说的话都没错。

里斯太太　您当然会同意他的说法。您要发动的可是一场再出色不过的战争了，因为在这场战争的所有环节，您都施加了自己的影响。您发起并主导了整个战争，双方都在您的控制之下。

诺登　克里斯滕森，在您保持沉默之前，我想先请问里斯太太，您是否想让整件事情变得不可收拾？您不想让这两个年轻人重归于好吗？

里斯太太　照现在这种情况看来，他们没有和好的希望了。

诺登　哦，为什么呢？

里斯太太　因为已经谈不上任何信任了。

诺登　情况比原来更糟糕吗？

里斯太太　没错。我不否认在昨天阿尔弗说那些话之前——在他请求完全的信任之前，我根本没有想到这是重演我的亲身经历。但我确实经历了同样的事，——完全一样！我们的婚姻生活就是这样开始的，谁敢说他们将来不会落得和我们一样的结局呢？

克里斯滕森　我儿子的品行可以保证他们婚姻的幸福，里斯太太！

里斯太太　品行？一个人从小就缺乏自制力，行为不端正，能养成什么样的好品行？这正好会形成不忠诚的性格。我看这就是为什么思想崇高的人这么少见的原因。

克里斯滕森　一个人年轻时的作为并不能说明他的一生，这还取决于他的婚姻的好坏。

里斯太太　那您能解释一下，为什么一个不忠诚的人，只要结了婚就一定能改邪归正呢？

克里斯滕森　因为他是爱他的妻子呀。

里斯太太　就因为爱他的妻子？您的意思是，他之前从没爱过别人啰？你们男人还真会自欺欺人！意志力不够，就不会收获永久的爱情。情况就是这样——男人的单身生活削弱了他们的意志力。

克里斯滕森　但我还是见过不少意志坚定又好色的男人啊！

里斯太太　我强调的不是意志有多坚定，而是意志的纯洁和忠厚。

克里斯滕森　好了，如果我儿子必须由这些不可理喻的标准来评判的话，那么幸运的是他现在自由了。我感到很高兴，咱们不必再多费唇舌了。（准备起身离开。）

里斯太太　谈到您的儿子……（面对诺登）大夫，请您说实话，好让他的父亲知道知道。您当时之所以不愿意出席订婚仪式，是不是因为您知道了阿尔弗·克里斯滕森的一些事情？是那些事情让您觉得无法信任他对吗？

诺登　（想了片刻）当然这不是全部的原因。

里斯太太　（对克里斯滕森）这下您听清楚了吧！——但请允许我向您提问，大夫！为什么您当时不说出来呢？天哪！您应该早点说出来的呀！

诺登 听着,里斯太太。两个很般配的年轻人——他们确实很般配对吧?

克里斯滕森 是挺般配,我不想否认这点。

诺登 当他们突然不顾一切地爱上了对方,您该怎么做呢?

克里斯滕森 当然应该挑拨离间、扭曲事实——闹得人尽皆知啰!

诺登 是的,我必须承认——事实上我之前就说过,我早就看惯了这种不合情理的现象。对于这两个年轻人的婚约,我的看法与看待其他人的婚约——大部分人的婚约没什么两样,换句话说,都看成是买彩票。结局有好有坏,不可预料。

里斯太太 没想到您这么喜欢斯沃华——我知道您对斯沃华有多爱护,您竟然放心让她冒这么大的风险,这难道还不能说明事情的真相吗?

诺登 那么您自己呢?里斯太太——您自己又是怎么做的呢?

里斯太太 我?

克里斯滕森 好啊!

诺登 就算您知道了霍夫所说的事情——并且远远不止这些。(克里斯滕森低笑)您还是选择站在您丈夫那一边,尽量瞒着斯沃华,想让大事化小、小事化无。

克里斯滕森 好啊!

诺登 您还求助于我,好好劝她考虑清楚。

克里斯滕森 我观察到在这种事情上,作为母亲总是难以将她们的理论付诸实践。

诺登 直到我真正看到斯沃华因为这件事受到了多么大的伤害——她是多么反感这件事,我才恍然大悟。我听她谈得越多,就越发觉得她可怜。因为我自己也曾年轻气盛，也谈过恋爱。但那已经成为往事了——我早就觉得……

里斯太太 （坐在小桌旁）天哪！

诺登 是的，里斯太太。说实话，恰恰是这些母亲们让我渐渐变得木讷。连她们自己都不重视这种事情。实际上她们自己心里还是有底的。

克里斯滕森 她们自己心里有底，哼！亲爱的夫人，您得承认自己以前也想尽办法留过一位潇洒风流的男人吧？况且当时他的社会地位还不赖——我只是顺便说说罢了。

诺登 一旦母亲们看到自己的女儿就要得到她们认为的"幸福"时，就立刻忘记了自己曾经受过的痛苦。

里斯太太 但我们又不确定他们的结果是不是跟我们一样。

诺登 您真的不能确定吗？

里斯太太 是的。我从来没有意识到！我们坚信自己女儿的未婚夫肯定会比自己的丈夫优秀。我们坚信他们的情况更加乐观，也坚信环境会有差异。确实！这种幻象让我们变得盲目了。

克里斯滕森 当你沉浸在自己幻想的幸福里面时——确实会这样。里斯太太，我第一次这么认同您说的话。而且，我觉得事情不只这一个方面。男人终究是男人，也许女人们在这件事情上并没那么痛心，是吗？即使痛得很厉害，却不一定会有多严重——就像是晕船。事情过去了就无所谓了。于是等到女儿上船时，母亲们就这样想："不管怎样，她们终究也会挺过去的，只要想办法让她们出发！"这是由于母亲们总会着急要把自己女儿嫁出去，对吧？

里斯太太　（离开椅子起身，走向前来）就算你说的是对的，也再正常不过了！这正好表明了——一旦跟一个男人长期生活在一起，这个女人会变得多么目光短浅。

克里斯滕森　说得真好！

里斯太太　的确是这样——因为母性的本能使得女人们越来越想要过那种单纯美好的生活，而这正是为了使脆弱的孩子们变得更安全。这是任何一个母亲都具备的本能。但她们还是无力改变现状，不得不向现实妥协了，而已经结婚的女人们则变得越来越没有自己的思想，到底是什么导致的呢？答案是唯一的，那就是男人们从小就被授予的合理化的特权。

克里斯滕森　什么特权？

里斯太太　就是男人们在婚前可以为所欲为，等到结婚了，还要求别人对他完全地信任。只要这种愚蠢的特权存在一天，妇女就不能挣脱它的禁锢获得真正的自由，那么在这世界上就会有一半人会因为另一半人的错误被牺牲。这种特权使得世界上所有争取自由的力量都变得毫无意义。这一点也不好笑！

克里斯滕森　里斯太太，您这是在幻想改变世界和人的本性。请恕我直言，我觉得只能这样回复您了。

里斯太太　如果是这样的话，那你们干脆将自己的看法公之于众好了，但你们为什么不这么做呢？

克里斯滕森　我们没有公之于众吗？

里斯太太　当然——最起码在这个国家中，你们非但没有做到，反而表里不一、暗度陈仓。为什么你们不敢光明正大地声明自己的主张呢？直接将你们单身时的生活作风合法化不就行了，那我们就可以代表各自的观点来一场大辩论了。这样的话，就能让那些思想单纯的姑娘们看清楚自己将要面对的真相是什么，从而知道怎么应对。

诺登 这不就是直接废除婚姻制度了吗？

里斯太太 这不是更好吗？现在的情况本来就是在毁掉婚姻，而且还是提前毁掉。

克里斯滕森 啊，这一切都只能怪在男人身上，现在社会上这种说法流行得很——这也是"争取自由"的其中一个环节。推翻男权主义，是啊！

里斯太太 这种因为男人们的单身生活导致的男权主义本来就应该被推翻。

诺登 哈，哈！

里斯太太 我们不要再用这些空泛的语言来掩饰事情的本质了。倒不如说说诗人们所写的那一类"悲惨的家庭"吧。这种家庭就是在废墟上建立起来的婚姻，到底形成这种悲剧的原因是什么呢？当然是因为平时的那些恶习——无休止的贪欲、享乐和蛮横。这类问题又是怎么出现的呢？我当然可以将这种生活方式说得更加的清楚明白，但我不想再继续说了。比如说关于遗传方面的问题，我也不多说什么了。把这个问题公之于众，让全社会的人都发表一下自己的意见吧。或许只有这样才能点亮希望——唤醒我们的良知，因此从目前来看，我们最应该做的就是让它成为所有人关注的焦点。

克里斯滕森 瞧！咱们的精神境界真是变得越来越高尚了，假设我说自己得到"境界更高尚的地方"去，听起来还真是滑稽可笑，但我现在必须离开了。

里斯太太 但愿我没有耽误您宝贵的时间！

克里斯滕森 不，时间充足得很！我只是急于——您听了别生气——逃离这里。

里斯太太 您是想跟那些和您身份相称的人待在一块儿吧？

克里斯滕森 您这话倒真让我想起了他们！顺带说一下，恐怕今后我们两家人再也不会见到彼此了。

里斯太太 好啊！我们已经没有再见面的必要了。

克里斯滕森 这可真是太好了！现在我只盼着自己能瞄准目标，对那些该受攻击讽刺的人展开攻势。

里斯太太 您只要把您的自传公之于众就可以了！

克里斯滕森 不，里斯太太。如果能够把您的这些有关家庭方面的高论公之于世，这样的话岂不更妙？如果我再把您的实际行动说出来就更是锦上添花了，不是吗？跟您说实话吧，——我将在各种场合，运用各种手段让您的丈夫名誉扫地，最终将他驱逐出这座城市。我可是个说到做到的人。（转身准备离开。）

诺登 这可真是令人震惊！

阿尔弗 （站在屋子门口）爸爸！

克里斯滕森 你怎么在这儿？——看起来你精神不太好，你昨天去哪儿了？孩子。

阿尔弗 我比您早到一点儿，我什么都听见了。我直接跟您说吧，如果您运用任何手段攻击里斯家的人，我马上就去把里斯小姐跟我解除婚约的原因公之于众，我会完完整整地告诉他们事情的真相。您不必用这种鄙视的眼神瞪着我！我说到就会马上做到。

克里斯滕森 我觉得你也没这必要了。一旦婚约解除，就会一传十、十传百，立刻就能让全城沸腾起来。

诺登 （走近阿尔弗）孩子，我想请你严肃地回答这个问题——你至今还爱着斯沃华吗？

阿尔弗 您为什么这样问呢？是因为她对我的态度吗？我现在已经很清楚是什么原因导致的了，这完全是无法逃避的问题。我完全理解了！

克里斯滕森 你打算宽容她了？想跟她重归于好了？

阿尔弗 我没有任何时候比现在更爱她了——无论她对我的看法怎样。

克里斯滕森 嘿，这可真是太可笑了！我倒看看你还能玩出什么把戏。你以为自己还可以回去当你的情人，却留下这样一个烂摊子给我们，让我们帮你收拾残局。我想你是不是马上就要奔向马路对面，跟那位小姐说你昨天是多么愉快呢？——还是请求她多给你点时间，让你好好地反省一下自己的过错，以便让自己有赎罪的机会对吗？那么你可以告诉我打算怎么去行动吗？——啊，你没必要对我做出这样的表情！你连里斯家那个丫头和她的母亲都能忍受，那你总可以听得进你爸爸的这些气话和讽刺吧。订婚之后又悔婚，干完了这些还要为自己披上道德的外衣。天哪！我还得想着怎么才能不把这一身道德味儿带到宫廷里去呢。（走向屋子的方向，到了门口回头）我那儿有一笔给你出国的旅费。（下。）

诺登 这是打算赶你出国的意思吗？

阿尔弗 显然是的。（神情很激动。）

里斯太太 大夫，请您一定要跟我一起去趟我家——马上就去！

诺登 斯沃华现在怎么样了？

里斯太太 还不太清楚。

诺登 您不清楚？

里斯太太 昨天她一直不见任何人。今早起床就出门了。

诺登 发生了什么事情吗？

里斯太太 是的。昨天您跟我说，您向斯沃华透露了一点关于他父亲的事情。

诺登 怎么了？

里斯太太 所以我认为不应该再继续瞒着斯沃华了。

诺登 所以您就……

里斯太太 所以我写了封信。

诺登 写信？

里斯太太 写信更容易表达，还可以避免面对面谈话的尴尬。昨天下午一直到晚上，我都在不断地写，写了一遍又一遍。最后终于写完了，虽然篇幅不长，却累得我疲惫不堪。

诺登 那她已经拿到信了吗？

里斯太太 是的，今早她用完早点外出后，我就派人给她送过去了。因此，我亲爱的朋友！我请求您去找她好好谈谈——然后告诉我们什么时候去看她合适。我真是寝食难安，忧心极了！（把脸埋进手里。）

诺登 我一看到您来就知道事情又变糟糕了。您刚才说话又这么激动。看样子，事情变得更加严重了，更加严重了！

里斯太太 亲爱的大夫！您现在不能离开这儿，现在这种时候您更要在她身边啊!

诺登 哦,事情原来是这样啊!——托马斯。

(托马斯上。)

托马斯 您有什么吩咐吗,先生?

诺登 暂时不用给我整理行李了。

托马斯 不整理了,先生?——哦,好的,先生。(把手杖拿给诺登,然后为他们开门。)

诺登 请允许我,里斯太太。(伸出胳臂让她挽着。)

阿尔弗 (走向前来)里斯太太!请您允许我跟她谈谈好吗?

里斯太太 你跟她谈?不,绝对不可以。

诺登 我的孩子,你不是知道了她今天有其他的事吗?

里斯太太 还有,她前两天就不想跟你谈,更不用说现在了。

阿尔弗 那要是她愿意跟我谈话,请您告诉她我在这儿等着她。我会一直等下去,直到她愿意见我。

里斯太太 但这又能起什么作用呢?

阿尔弗 噢,这就成了我们两个人之间的事了。我知道她一定愿意跟我谈的,她和我的想法一样。请您一定要让她知道我在这儿等她。(走到花园较远的另一端。)

诺登 他根本就不清楚自己说了些什么。

里斯太太 亲爱的诺登大夫,我们还是快走吧!我心里七上八下的。

诺登 其实我心里更加忐忑不安——看来她已经知道了啊,已经知道了。(一起走出去。)

〔幕落〕

第二场

景：同第一、二幕。

〔**幕启**，斯沃华迈着缓慢的步伐走进房间，环顾四周，再走到门口看向外面，随后又走回房间。当她回身，看见诺登站在门口。〕

斯沃华　您——哦，亲爱的诺登叔叔！（抽噎。）

诺登　亲爱的斯沃华！先冷静下来！

斯沃华　您没看到妈妈吗？她说她上您那儿去了。

诺登　没错，她马上就回来了。但现在就咱俩一起去散散步好吗？暂且先不跟其他任何人说话，包括你母亲。斯沃华，你觉得好吗？

斯沃华　不，不行。

诺登　怎么了？

斯沃华　因为我必须马上结束这一切。

诺登　你指的是什么？

斯沃华　（不顾他的提问）诺登叔叔？

诺登　啊？

斯沃华　阿尔弗知道吗？——他早就知道这件事吗？

诺登　是的。

斯沃华　是啊，除了我，所有人都知道这件事。哦，我恨不得就这样永远把自己藏起来，我真想这么做。我现在看透了整件事情。我简直就是个不自量力的孩子，妄想用自己无力的双手去推翻稳固的大山——所有人都在讥笑我以卵击石对吧？但我想跟阿尔弗谈话。

诺登　跟阿尔弗？

斯沃华　昨天都是我的错。我原本就不该跟他见面——但您要我必须去，所以我就那样迷迷糊糊地跟着您过去了。

诺登　因为当时你的心思完全放在了你父亲的事情上面——就是我之前说的关于他的那件事对吗？所以才让你……

斯沃华　一开始我并没听懂。但当我一个人静静地待着的时候，我突然就想通了所有的事情——妈妈那些莫名其妙的忧虑——爸爸威胁说必须出国的话——各种各样的细节。此外，还有不计其数的小事情，一些以前我从没注意也不懂的事情。它们一下子全部涌现在我的脑海，我一次次想把它们驱逐出去，它们又一次次地回来。这些简直已经让我变得麻木了。因此当您对我说必须去见见他们的时候，我连思考都不能，完全陷入了一片茫然中。

诺登　唉，看来是我搞砸了整件事情——就跟上次一样。

斯沃华　不，不，一切还没那么糟糕——但咱们确实做得有点过分了，这是事实。我必须跟阿尔弗好好谈谈，事情不能再耽误了。除此之外，所有的事情都还好。现在我得马上结束这一切。

诺登　你想做什么？

斯沃华　妈妈在哪儿呢？

诺登　亲爱的斯沃华，你今天最好不要做甚至是思考任何事，也不要和任何人谈话。不然谁都不能预料会有什么后果。

斯沃华　但我心里很清楚。不，你对我说这些一点都没用！你觉得我今天有点心烦意乱是吧。的确是这样，我真是坐立不安！但您越是阻止我，我就越难受。

诺登　我不是想阻止你，我不过是……

斯沃华 是这样的，我知道。——那您能告诉我妈妈在哪儿吗？还有，您得让阿尔弗到这儿来。因为我不可以主动去找他，是吗？会不会因为昨天的事情伤害了他的自尊心，所以他不愿意过来呢？哦！不会的，他不是这种人！替我告诉他，就不要跟一个受尽羞辱的人较劲了吧。（忍不住哭了出来。）

诺登 但你自己认为还能扛得住吗？

斯沃华 您还没见识过我有多么顽强的意志吗？无论如何我都得解决完所有的事情，马上就做。

诺登 既然这样，要不要把你母亲请来？

斯沃华 当然——您也把阿尔弗叫过来好吗？

诺登 好吧，马上就去。另外，假设你……

斯沃华 没有"假设"。

诺登 要是有必要的话，我就暂时不离开这儿，直到你结束所有的事情。

（斯沃华站到他跟前，轻轻地拥抱他。诺登走了出去。不一会儿，里斯太太走进来了。）

里斯太太 （走近斯沃华）我的孩子！（立住。）

斯沃华 不，妈妈，我没办法走近您。我全身都在颤抖。您应该还不知道这是为什么吧？您从来没意识到您对我的这种做法是错误的吗？

里斯太太 斯沃华，你这话是什么意思？

斯沃华 噢，妈妈！——您让我在这个家里日复一日、年复一年地生活着，却不让我知道和自己待在一起的究竟是什么样的人！您教我去宣讲最崇高的原则，却让我生活在这样的家庭中而不自知！现在所有的事情都将水落石出，你想想别人会在背后怎么说我们呢？

里斯太太　但我怎么能告诉我自己的孩子，告诉她……

斯沃华　在我还很小的时候当然不必说。但是您竟然隐瞒了我这么多年，本来早就应该告诉我了呀！现在看来，我是否愿意继续在这个家待下去，必须由我自己决定。至少你应该让我了解别人已经知道的或是任何可能知道的事情。

里斯太太　我从没想到过这个事情。

斯沃华　从没想到过？

里斯太太　是的，一点也没有！——在你小时候，是因为爱护你，想给你一个美满的家庭；等你长大了，是想让你专心学业，好好培养自己的兴趣爱好——因为你和其他姑娘们不一样，斯沃华！就因为这些，我始终小心谨慎，以防走漏风声，怕你知道后受到伤害。我一直把这当成身为母亲的职责。你不会知道为了你我受了怎样大的屈辱，我亲爱的孩子！

斯沃华　但您没有权利做这些，妈妈！

里斯太太　你说的是没有权利？

斯沃华　是的，因为我的缘故看轻您自己，这也就意味着看轻了我。

里斯太太　（非常激动地）哦，天哪！

斯沃华　我永远也不会怪罪于您的，妈妈！永远不会！——我亲爱的妈妈，我一想到您必须时刻小心翼翼地将这件事藏在心里，就不能不感到心痛和惧怕！您从来不能真正地和我敞开胸怀，哪怕只是一瞬间，都不能完全打开自己的心门。不仅如此，您还不得不听着我赞扬他，看着我敬仰他，亲近他——哦，不，妈妈!

里斯太太　没错，亲爱的，我自己也亲身体会到了这些——无数这样的时刻。但我还是不能鼓起勇气告诉你。这种做法是错误的——天大的错误，我现在才彻底明白。但是，你认为我应该一知道这件事就立刻跟他断绝关系吗？

斯沃华　我说了也没用，您已经做了选择不是吗？在这方面，女人都得自己做出判断——这取决于她爱得有多深，还有是否足够坚强。但没想到的是，我已经长这么大了，这种情况还在继续，而您……所以说我两次看错人一点也不奇怪，因为我就是在这样的教育中长大的。

（窗外传来一阵歌声，是里斯在哼着小曲。）

里斯太太　天哪！他回来了。

（里斯在左边的窗外走过。当他走到门口，突然停住，嘴里说着："哦，是的，还有。"转身快步离开。）

里斯太太　我的孩子，你简直是换了张脸！斯沃华，你让我感到心慌！你不会是要？

斯沃华　您在想些什么，妈妈？

里斯太太　我只是想，我为了你隐忍了那么久，你是不是也可以略微为我忍耐一点。

斯沃华　要我忍耐这个吗？不，绝对做不到！

里斯太太　那你打算做什么呢？

斯沃华　我要立刻离开这儿。

里斯太太　（惊讶出声）那我们一起走。

斯沃华　您要离开爸爸？

里斯太太　我之所以跟他在一起生活这么多年完全是为了你。要是看不到你，我根本没有办法在这儿待下去！——啊！你不同意我和你在一起？

斯沃华　噢，亲爱的妈妈——一切都发生了太大的改变，我需要时间慢慢地适应。您知道吗？在我的心里您也跟从前不一样了。从前我对您的看法是错误的，我一时还不能完全接受。我必须一个人好好安静一段时间！——哦，亲爱的妈妈！你不要这么伤心。

里斯太太　噢，天哪！这就是最终的结局——这就是结局啊。

斯沃华　亲爱的妈妈，我也不知道到底该怎么做。我现在必须离开这儿，回到那些可爱的幼儿园去，然后为它奉献我的终身。我一定要这么做！如果这样做还不能让我清静，我将会去更远的地方。

里斯太太　哦，生活当中没有比这更无情的事了！等等，这是……没错，是他来了。暂且先保持沉默，听我的话，什么都别说，我可经受不住任何折磨了。斯沃华！尽量保持表面上的平静，千万不要出什么岔子了。

（里斯又走回房间，口里依然哼着曲子，手上搭着一件大衣。斯沃华立刻向前走一些，稍稍犹豫一下，侧着身子背对他坐下来，试图找些东西来转移自己的注意力。里斯放下大衣。他身穿宫廷礼服，胸前佩戴着圣奥莱夫勋章。）

里斯　早上好！亲爱的女士们！

里斯太太　早！

里斯　告诉你们一个让人震惊的消息，你们想象得到是谁用马车一直从宫廷把我送到家的吗？是克里斯滕森。

里斯太太　是吗？

里斯　没错，就是那个不久前还嚷嚷着要向我们开战的朋友。噢，还有另一位同事，他们一起把我送回来的。他不仅最先招呼我，还热心地跟我谈话，给我引见其他人。

里斯太太　真是这样吗？

里斯　所以说，昨天我们之间什么也没发生。没有扔挑战的手套，更没扔在他儿子的脸上。克里斯滕森——作为新封的贵爵，觉得我们应该和解。于是我们在我哥哥家愉快地喝了一顿酒。

里斯太太　听起来挺有趣！

里斯　所以，不管你们相不相信，现在我们之间的矛盾已经完全化解了！这儿什么事都没发生过，绝对没有发生！一切都将从头开始，一切都是崭新的了。

里斯太太　真够幸运！

里斯　就是说啊！斯沃华那会儿毫不畏惧的反击不仅给自己出了口恶气，还改变了对方的态度。现在总算是相安无事了。

里斯太太　那今天宫廷内的情况怎么样呢？

里斯　哼，这么跟你们说吧——我今天大致看了一下这些新封的骑士，就马上得出了一个结论，那就是"好人好报"这句话并不总是正确的。算了，不说这个。当时我们每个人的面前都有一份十分庄重严肃的文件，大概是说宣誓保卫国家或教会什么的。我没念出来。所有人都签了名。

里斯太太　那你一定也签了吧？

里斯　是啊。我当然应该向这些大人物看齐，怎么能落于人后呢？

一个人的身份地位一经提高，他的人生观就会发生相应的改变，变得更加积极乐观。像我们这种身份的人都能做彼此的朋友。后来因为太多的人来祝贺我，弄得我自己都糊涂了，不知道是因为我女儿的喜事还是我自己的喜事接受祝贺了。而且，我从未意识到自己是这么受欢迎，不管是在宫里还是城里，竟然有这么多身份显赫的朋友！当你身处这种充满喜气与和谐的氛围时，你还有什么不满的呢？更重要的一点是，在场的都是男人！你们女士们不要介意，——不得不说，只有男人的场合自有一种特别的气氛。在这种氛围中，男人们谈话更加直接、随意——就连笑也笑得更加痛快，而且彼此没有言语也能互相了解。

里斯太太　看来你今天心情很愉快了？

里斯　哈哈，那当然了！——并且我希望所有人都能像我这样。虽说生活有可能会变得更好，但不得不说在那样的场合之中，并且当你处在那么高的位置向下俯视时，这种说法也不尽然。说到我们男人——我们确实有自己的缺点，这点我们承认，但我们有时还是挺有趣的。咱们最好是顺其自然,亲爱的斯沃华！（走近她。斯沃华站起来）难道你还在生气吗？你都已经当众向他扔出了挑战的手套，这还不能减少你心中的怨气吗？你还想要得到什么呢？我觉得你早就应该心满意足了呀！——或者是又出了什么新问题吗？说说吧，到底怎么回事？

里斯太太　事情是这样的……

里斯　什么样？说呀！

里斯太太　是这样的，阿尔弗待会儿就到了。

里斯　阿尔弗来我们这儿吗？待会儿就来？太好了！我就知道！你

们早就该告诉我了呀！

里斯太太　你从进屋起就没完没了，嘴巴根本没消停过。

里斯　是啊，好吧。——亲爱的斯沃华，不管你多么看重这件事，你也得允许你的"爵士"爸爸可以不像你这么严肃吧？整件事情简直太有意思了！今天我一见到克里斯滕森就知道事情发展得很顺利，心情立刻变得愉悦起来。看来阿尔弗马上就到了。这下我完全弄明白了！噢，我不得不再次表示一下自己的兴奋之情。这一切简直太美妙了！这可真算是今天最令人高兴的喜事。趁这会儿他还没来，我现在想弹一首欢乐的曲子。（坐在钢琴前面，嘴里还一边唱。）

里斯太太　不，别弹，亲爱的！你听见了吗？不要弹！

　　　　（里斯仍旧若无其事地弹琴。里斯太太走过去，阻止他继续，示意他看看斯沃华，他才罢手。）

斯沃华　哦，让他弹，妈妈，——随他去好了！这正是我从小到大一直欣赏的那副淳朴率真的样子。（情不自禁地开始哭，但马上止住眼泪）真是让人又恨又怕！

里斯　亲爱的孩子，看看你自己像什么样子？难不成今天还要再扔一次手套吗？这事还有完没完了？

斯沃华　是的，还远远不够！

里斯　那要我把自己的手套都拿给你吗？

里斯太太　唉，不要再这样说下去了！

斯沃华　说吧，就让他说，让他尽情地讽刺吧。亲爱的妈妈！像他这种品行高尚的人当然可以讽刺我们了。

里斯　你这到底是什么意思？难道不喜欢那种所谓的贞节就是品行

恶劣吗？

斯沃华　父亲，您是……

里斯太太　不要说，斯沃华！

里斯　哼！让她说，今天就让她说说自己的真心话！还真是稀奇！像这么一个有修养的姑娘不仅扔手套打未婚夫的脸，还用各种批判打自己父亲的脸！并且是顶着道德的名义做的呢！

斯沃华　不要在我们面前谈什么所谓的道德，还是去跟瑙司太太谈吧！

里斯　瑙……瑙……这跟她有什么……

斯沃华　算了吧！我心里什么都明白，您……

里斯太太　斯沃华！

斯沃华　算了——就算是为了妈妈，我可以不说出来。但是昨天当我扔那只挑战的手套时，我就已经明白了整件事。正是因为这个我才扔出去的，这代表着反抗，对一切类似的事情以及它们的产生和延续，同样是对他和您表示的强烈反抗。我总算看清了您在这件事上表现出来的热忱，还有那种伪装出来的义愤填膺，妈妈在一旁竟也能看得下去！

里斯太太　斯沃华！

斯沃华　我终于懂得一直以来您对妈妈的那种无比关爱和尊敬——经常让我羡慕的那些行为——都意味着什么；您的言行举止和您的性格爱好等等，天哪！这简直让我再也不敢相信任何事情了！真是太可怕了！太可怕了！

里斯太太　亲爱的斯沃华，我的孩子！

斯沃华　对于我来说，似乎我生活中的一切都变得无比肮脏了，我最信赖、珍惜的一切都已经被玷污！因此从昨天开始我似乎就成了一个流离失所的人。事实的确如此——因为我已经被自己曾经无比尊重和珍惜的一切无情地抛弃——但这并不是我的错。即使这样，我体会最多的还不是痛心，却是天大的羞辱。我过去宣扬的那些崇高的原则全部变成了空话——我过去所做的一切现在看来都变得毫无意义——而这些都不能怪我，因为这都是您造成的！原本我还以为自己多少有点生活经验，但您让我意识到了"学无止境"。我现在看出来了您之所以让我妥协到那种地步，就是为了使我到最后不得不默不吭声地承受这一切。我也总算是明白了您那些教训的意思，还有您让妈妈、上帝见证的那些理论。但现在这些都已经没有任何用处了。坦白地告诉您，要是像我一样，思考过昨天——昨晚——今天这么多的事情，已经是在挑战一个人最大的容忍度了。不管怎样，这些事情就算一笔勾销了。从今以后，没什么事情会让我感到震惊了。我怎么都想不到居然会有这么残忍的人，舍得让自己的孩子亲历这样的痛苦。

里斯太太　斯沃华——你爸爸他……

斯沃华　是啊——要是您觉得我的这些话太不讲情面，那就请回忆一下我知道这件事情之前对您说的话吧——仅仅是昨天早晨发生的事。您就能体会到我之前是多么信任和崇敬您，爸爸！——你才能体会到我此时的感受。

里斯　斯沃华。

斯沃华　您亲手毁掉了这个家，同时也侮辱了我在这儿度过的每时每刻——我实在无法继续忍受下去。

里斯和里斯太太 （一起）但是，斯沃华……

斯沃华 不，我再也不能忍受。我再也无法信任您了——所以这里也不再是我认为的家了。我跟你们住在一起时，仿佛自己只是个借宿的陌生人——是的，从昨天开始，我就只是个借宿的陌生人了。

里斯 不要这样说！孩子！

斯沃华 没错，我确实是您的孩子。就差这句话来加深我心里的悲痛了。一想到我们在一起的所有日子——一起旅游、外出玩乐的快乐时光——再想到我将永远告别这一切，告别这种生活。这一切的一切，都使我必须离开这儿。

里斯 你连待在这儿都做不到吗？

斯沃华 不，不能，这样只会让我更加的悲伤。这里的一切都不再是从前的样子了。

里斯太太 但就算你离开家也是没有用的。

里斯 那么——还是我走吧。

里斯太太 你？

里斯 对，你和你母亲留在这儿好吗？哦，斯沃华……

斯沃华 不，我不会答应这个的……不管遇到什么我都不会畏惧！

里斯 不要再说这种话了！斯沃华，我恳求你！不要让我难受了。请你记住，在这之前——我从未想过让你……既然你无法忍受再跟我一起生活——如果是这样——那我一定离开！一切都是我的错，你没有一点过错，应该走的人不是你！是我！你必须留在这儿！

里斯太太 （侧耳倾听）天哪，是阿尔弗到了！

里斯　阿尔弗！

（停顿。阿尔弗正站在门口。）

阿尔弗　（踟蹰片刻）或许我应该离开对吗？

里斯　（对阿尔弗）离开？当然不是！你绝对不能离开！来得正好！我的孩子！谢谢你！

里斯太太　（向斯沃华）你想要单独待一会儿吗？

斯沃华　不行，不行，不行。

里斯　你一定想跟斯沃华好好谈谈对吧？我觉得你们俩最好能单独在一块儿聊聊——推心置腹地聊聊。好了，我还得进城办点事，所以请允许我失陪了。我得去换件衣服，请原谅我。（走进自己的房间。）

阿尔弗　可是我可以在其他时间过来。

里斯太太　但我知道你一定愿意现在就和她谈吧？

阿尔弗　这不是关键。我只是觉得——诺登医生也说过——里斯小姐太劳累了。但我仍然觉得自己应该来拜访。

斯沃华　谢谢你这么做，真的！我根本没有资格得到你的眷顾。但我想立刻跟你说说昨天的事情——我是指我昨天那样的行为——是因为在那之前，我得知了一件让我非常震惊的事。当时我完全懵了，脑子里一片混乱。（无法再隐藏自己的情绪。）

阿尔弗　我早就料到你会因为这个悔恨不已——你太善良了。就凭这一点，我就知道还有机会跟你见面。

里斯　（走出自己的房间，穿戴好了一半衣装，准备出门）请问有人要在城里办什么重要的事吗？如果有的话，我非常愿意为他效劳！我突然想或许两位女士会有出门散心的意愿呢——不知你们二位觉得如何？当一个人的脑子里事情太多或者太过复杂的时候，出门放松一下是很有效的。我自己就经常这样——真的，你们先考虑一下好吗？要是觉得行的话，我会尽快为你安排，——这样可以吗？好了，就这样，再见了！好好想想，我觉得这真的是一件值得去做的事！（出去。斯沃华含笑看了一眼母亲，随即把自己的脸埋进手里。）

里斯太太　我得先走开一下……

斯沃华　妈妈！

里斯太太　我真的必须走开一下了，亲爱的孩子！我得好好静一静。我现在都有点混乱了。我不会走太远，就在自己的房间里，（指向左边自己的房门）马上就回来了。

（斯沃华坐在桌旁的一张椅子上，再也不能抑制自己激动的心情。）

阿尔弗　看来这事最终还得由我们两个自己解决。

斯沃华　是啊。

阿尔弗　你一定想象得到，从昨天开始，我就一直在想该对你说什么话，除了这个我什么都没做——但是现在好像根本就用不上。

斯沃华　你能来，我就已经很满足了。

阿尔弗　请允许我向你提另外一个请求，我诚心诚意地请求你：一定要等我！因为我终于知道了如何才能得到你的心。我们之前做好的一起生活的规划，现在只能由我单独去实现了，但我会一直坚持下去。这样，我相信总有一天，你会明白我对你的忠诚……当然，我知道自己不该来打扰你，特别是在今天。但请你给我一个答案，好吗？不必说什么，只要你给我一个答案。

斯沃华　但这又能怎样呢？

阿尔弗　这是我生活下去的唯一动力——对我而言，越是难以
　　　　获得的奖励，越能让生活变得有意义。请给我一个答案，
　　　　好吗？

斯沃华　（想开口说话，又忍不住开始流泪）唉，你也知道，今天所有
　　　　的事情都让我心烦意乱。我还不能做出决定。况且，你想让我
　　　　做什么呢？一直等待吗？这又代表着什么呢？这代表着我们之
　　　　间的关系还是模糊不清的呀！这样只会剪不断理还乱。不行！
　　　　（情绪又变得更加激动了。）

阿尔弗　看得出来你需要一个人好好地静一静。但是我真觉得自己
　　　　没办法走开。（斯沃华站起来，尽力平复自己的心情。阿尔弗走过去，
　　　　在她身边跪下）就请你说一个字吧！

斯沃华　难道你还不懂吗？要是你能让我还有那种——因为实实在
　　　　在的信任感而产生的幸福感，我会主动来寻找你而不是等着你
　　　　来请求我，还会真心地感谢你。你难道不能信任我这点吗？

阿尔弗　我当然相信。

斯沃华　但如今这感觉已经没了。

阿尔弗　斯沃华！

斯沃华　哦，不要说了！

阿尔弗　再见！斯沃华！我还是有机会见到你的吧？还有机
　　　　会对吗？（转身准备离开，又停在门口）我必须得到一个
　　　　清晰明了的答案，让我能够更好地记住——请向我伸出
　　　　您的手吧！

　　　　（听到这话，斯沃华转过身面向阿尔弗，伸出双手。他走出门。里

斯太太走出房间。)

里斯太太　你终究还是给他留了一点希望，对吧？

斯沃华　我想——是的。(她靠在母亲的怀里。)

〔幕落〕

——全剧终

破产者

郭智石　译

剧中人物

汉银钱尔特

钱尔特太太

范尔鲍克——钱尔特的女儿

西纳——钱尔特的女儿

中尉哈马——西纳的未婚夫

萨纳司——钱尔特亲信的书记

杰克勃逊——钱尔特酿酒厂的经理

贝兰脱——律师

经纪人

牧师

泊兰姆——海关的职员

林特、费尼、凌克、何姆、牛崇、牛逊、番儿勃——客人

第一幕①

景： 钱尔特家里的坐起间直通走廊，走廊两边，饰以花草。廊外就是海，海中岛屿林立，沿着海岸，来往的船只历历可见。这是很热的夏天。一只样式很好的快艇张着帆，泊在走廊下面的右边。这间坐起间布置华丽，放着许多花草。墙的左边，有两扇法国式的窗子；右边有两扇小门。一张桌子放在当中；许多圈椅、摇椅放在四围。右边的前面放了一张沙发。

〔**幕启**，中尉哈马倒在沙发上，西纳坐在摇椅上。〕

哈马　我们今天做什么？

西纳　（她自己摇椅）　唔！（一停。）

哈马　昨晚坐船很痛快的。(打呵欠)但是今天要困。我们去骑马吗？

西纳　唔！（一停。）

哈马　我倒在沙发上太热。我想要走动走动。（站起来，西纳一面摇椅，

---

①据1931年商务印书馆出版，郭智石译本未作改动。

一面低声唱歌）西纳请你弹琴给我听。

西纳　（把她的话当着歌曲的唱）钢琴坏了。

哈马　那么，请你读给我听！

西纳　（如先前一样向窗外看）他们把这些马去游泳。他们把这些马去游泳。他们把这些马去游泳。

哈马　我想我也要去游泳。或者等到吃点心时候。

西纳　（如先前一样）那么，那时我的胃口很好——胃口——胃口。（钱尔特太太从右边慢慢地走来。）

哈马　你看来很有心事的样子。

钱太太　是的，我不知道怎样办。

西纳　（如先前一样）我想你意思是为了宴会吗？

钱太太　是的。

哈马　你要等人吗？

钱太太　是的。你父亲写信给我说费尼先生来了。

西纳　（说话）是的，这是最讨厌的人。

钱太太　煎鲍鱼、烧鸡子这两样菜怎么做呢？

西纳　前日我们已经吃过了。

钱太太　（叹气）我们这里什么东西都没有。现在市场里也拣不出什么好的东西。

西纳　那么，我们差人到市镇去买。

钱太太　嘎，这些饭菜，这些饭菜！

哈马　（打呵欠）无论怎样，这是一生常吃最好的菜。

西纳　吃，是的——但是不会烹调——我从来没有烹调过一次。

钱太太　（坐在桌边）一个人能够烹调，常常想到新鲜的东西。

哈马　我时常告诉你，你为什么不到旅馆叫一个厨司务来呢？

钱太太　嗄，我们已经试验过了，但是麻烦得很。

哈马　是的，因为没有新菜，最好用一个法国厨司务！

钱太太　是的，不过要时常在他旁边翻译，——但是这次宴会我没有工夫在旁边。近来我才知道办事这样困难。

哈马　我一生没有听到如在这里关于办菜的事体这样麻烦。

钱太太　你知道你从来没有住过昌盛的商人家里——当然的，我们的朋友大半都是商人——他们许多对于吃食一向都是很讲究的。

西纳　那是实在的。

钱太太　你今天穿那件衣服吗？

西纳　是的。

钱太太　你每天换一件衣服。

西纳——嗄，假使哈马不喜欢蓝的、灰的衣服，我怎么办呢？

哈马　我都不喜欢你的衣服。

西纳　真的，——我想你自己给我定一件衣服。

哈马　同我一道到市镇去，我给你定！

西纳　是的，母亲——哈马同我决心再回到市镇去。

钱太太　但是你从市镇到这里不过只有一两个星期。

哈马　只有两个星期就觉得太久啊！

钱太太　（默想）现在宴会的事体怎么办呢？

　　　（范尔鲍克远远地从走廊走来。）

西纳　（转过来看范尔鲍克）小姐请进来！

哈马　（转过来）带来一束花！哈哈！我曾经看见过的！

西纳　你有吗？你把这束花送给她吗？

哈马　不，我经过花园——看见这束花在范尔鲍克凉亭里的桌上。

范尔鲍克，今天是你的生日吗？

范尔鲍克　不是。

哈马　我想不是。今天或者有别的宴会吗？

范尔鲍克　不是。（西纳忽然大笑。）

哈马　你笑什么？

西纳　因为我知道！哈，哈，哈，哈！

哈马　你知道什么？

西纳　哪个的手收拾这张圣台啊！哈，哈，哈，哈！

哈马　我想你以为是我的手吗？

西纳　不是，收拾圣台的手比你的手还要红！哈，哈，哈，哈！（范尔鲍克把这束花抛在地上）啊哟！在这样热的天气不要笑得太厉害。但是这是很有趣的。他或者想到那个意思！哈，哈，哈，哈！

哈马　（笑）你以为——？

西纳　（笑）是的！你必定知道范尔鲍克——

范尔鲍克　——西纳！

西纳　——她差了许多高贵的情人去做事体，但是仍旧免不了红手人的注意——哈，哈，哈，哈！

哈马　你以为是萨纳司吗？

西纳　是的，（手向窗门指出）那边有一个犯人！范尔鲍克，他如少女般默想，等着你来，手里握着你所捏过的花——如同你刚来的样子——

钱太太　（站起来）不是，他是在等你们的父亲。嘎，他要看他。（沿着走廊走出来。）

西纳 是的，这真是父亲——骑一匹棕色的马！

哈马 骑一匹棕色的马啊！让我们去向这匹棕色的马请安！

西纳 不——不去！

哈马 你不去向这匹棕色的马请安吗？一位骑兵官的太太一定先爱丈夫后再爱马。

西纳 那么，他必定爱马甚于爱妻。

哈马 什么？你同马吃醋吗？

西纳 嘎，我很知道你欢喜我不及欢喜马。

哈马 来啊！（把她从椅子上拉起来。）

西纳 但是我对于这棕色马毫无兴趣。

哈马 好吧！那么我一个人去吧！

西纳 不，我要去。

哈马 （向范尔鲍克）你也去欢迎这匹棕色马吗？

范尔鲍克 但是我欢迎我的父亲！

西纳 （去时向后看）是的，当然的——我也欢迎我的父亲。（他同哈马走出去。）

（范尔鲍克走到最远的窗边，站在那边向外去看。她的衣服的颜色同长的窗帘的颜色一样，有一块雕刻像极了花。把她盖住使走进房里来的人看不见她。萨纳司走了进来，带了一只小鞍袋及一件大衣放在门后椅子上。他转过来看见地上这束花。）

萨纳司 这里是一束花！她偶然丢在地上还是抛在地上呢？不要紧——这束花总是她拿过的（把这束花拾起来，并且接吻，打算带去）

范尔鲍克 （向前走来）不要动！

萨纳司　（手里的花落在地上）范尔鲍克小姐，你在这里吗？我没有
　　　　看见你——

范尔鲍克　但是我能看见你找什么东西。你胆敢用花同我来捣乱，
　　　　并且用你的——你的红手？（他把他的两手放在背后）你胆敢对
　　　　我家里各人以及市镇上的人把我当作笑柄吗？

萨纳司　我……我……我……

范尔鲍克　关于我什么事情？你不想我赢得人家一点的尊敬吗？假
　　　　使你不留心一点，就将你赶出去！现在快走出去，让别人进来。
　　　　（萨纳司一转，两手放在前面，沿着游廊向右边走出去。同时钱尔
　　　　特由游廊那端走来，后面跟着哈马、西纳。）

钱尔特　是的，这是一匹好马。

哈马　好马？我不相信我们国里有这样的好马。

钱尔特　你没有注意到它一根毛都没有变过吗？

哈马　多大的肺呀！这样一匹美丽的马——它的头、腿、颈！我从
　　　　来没看见这样一匹美丽的马。

钱尔特　是的，这是一匹很漂亮的马。（从游廊看见这只快艇）你没
　　　　有出去坐船？

哈马　昨夜我在岛中坐船，今天早晨才同这些渔船回来，坐得很痛
　　　　快的。

钱尔特　我很愿有工夫也去坐船。

哈马　但是在你这方面，这不过是一种理想，你真的没有工夫吗？

钱尔特　嘎，或者我有工夫，但是没有意思。

西纳　你的事体怎么样？

钱尔特　不好。

范尔鲍克 （向前走来）父亲，欢迎你回家！

钱尔特 我爱，谢谢你！

哈马 事体没有办法吗？

钱尔特 现在没有办法，就是我拿了这匹马的缘故。

哈马 那么，你从破产中所拿出来唯一的东西就是这匹棕色马？

钱尔特 你可知道这匹马我花了三四千磅的钱呢。

哈马 嗄，无论怎样，那是它的过失！然而，假使事情愈加不好，
你把它变卖——它是无价的！

（钱尔特转过来，放下帽子、外套，脱下手套。）

西纳 这很有趣，看你们谈马谈得这样起劲儿。我想这是你们唯一
的兴趣。

哈马 是的，假使我不是骑兵官，我情愿做马！

西纳 谢谢你，我是什么？

范尔鲍克 嗄，我只愿做马鞍放在你的背上！嗄，我只愿做马鞭打
你的腰部！

哈马 嗄，我只顾做花放在你的——不是，手，不对。

钱尔特 （走出来迎接钱太太，她从右边走进来）唉，我爱，你好吗？

钱太太 我看这桩事体愈加困难。

钱尔特 我爱，你常常有这些事体，有什么东西吃吗？

钱太太 是的，东西预备好了等你来了。（一个女婢拿了托盘放在桌上。）

钱尔特 好啊！

钱太太 你要喝杯茶吗？

钱尔特 不要，谢谢你。

钱太太 （坐在他旁边，给他倒了一杯酒）莫来家里所办的事体怎么样

呢?

钱尔特　不好，我已经告诉你。

钱太太　我没有听到你告诉我。

范尔鲍克　我今天接到南娜·莫来寄来的一封信。她告诉我关于这桩

　　一切事体——怎么家里的人一个都不知道，直到法官来才知道。

钱尔特　是的，一定有可怕的景象。

钱太太　他有没有告诉你做什么事体吗?

钱尔特　（吃的时候）我也没有对他说。

钱太太　我爱!唉，你们都是老朋友啊!

钱尔特　咦!老朋友!他看起来好像失去知觉的样子。他家里的情

　　状我很清楚。我再不愿意听他向我诉苦了。

西纳　他家里实在苦吗?

钱尔特　（仍旧吃着）了不得!

钱太太　他们怎么生活?

钱尔特　当然的，好在债主没有向他们逼账。

西纳　他们所有的东西仍旧保存吗?

钱尔特　卖了。

西纳　那些不值钱的东西——器具、车子，还有他们的……

钱尔特　全卖了。

哈马　他的表呢。那是一块最好的表——比你的表差一点儿。

钱尔特　当然，这块表将来要变珍宝。给我酒啊，我是很渴很热。

西纳　可怜啊!

钱太太　他们到什么地方去住呢?

钱尔特　住在一家船主家里。两间小房，一间厨房。（一停。）

钱太太　他们打算做什么?

钱尔特　有人组织俱乐部,已经着手捐款,在俱乐部里莫来太太可以得到厨房的事体。

钱太太　这位可怜的女人还要多做厨房的事体!

西纳　他们没有通知我们吗?

钱尔特　当然的,他们通知我们,但是我们没有留意。

哈马　(站在游廊)但是莫来——他说什么?他做什么?

钱尔特　我告诉你我不知道。

范尔鲍克　(他们谈话的时候,她在房里走来走去)他已经说了做了很多的事体。

钱尔特　(吃饭之后,听她的话大为感动)范尔鲍克你说那句话什么意思?

范尔鲍克　假使我是他的女儿,我决不恕他。

钱太太　我亲爱的范尔鲍克,不要说这种事体!

范尔鲍克　我的意思是这样:一个人把他家里弄得七颠八倒,不应得他家人的哀怜。

钱太太　我们现在要人哀怜。

范尔鲍克　在一方面意思是不错的。但是我决不敬他爱他。他可能害我太厉害了。

钱尔特　(起来)害你吗?

钱太太　我爱,你吃饭了吗?

钱尔特　吃了。

钱太太　再不要酒吗?

钱尔特　我说我已经吃了。害你吗?怎么呢?

范尔鲍克 嘎，我想一个人被人害得最厉害的莫如虚伪的生活！假定我是一个富人之女——利用这个地位，穷奢极欲；一旦发觉我父亲所给我的东西被人取去——凡是他使我所相信的都是假的——那是一定的，我的愤恨与惭愧真是到极点了。

钱太太 我的孩子，你没有试验过，你不知道这些事体怎么发生。你真不知道你自己说些什么！

哈马 假使莫来听到她的话，倒是很好！

范尔鲍克 他听到他的女儿对他说了那些话。

钱太太 他自己的女儿啊！孩子，孩子，不是你们两人彼此通信吗？上帝恕宥你们两人！

范尔鲍克 上帝恕宥我们，因为我们都说实话。

钱太太 孩子，孩子！

钱尔特 这是很明白的，你不知道什么叫作商业——今天成功，明天失败。

范尔鲍克 没有人说服我商业就是打彩票。

钱尔特 不是，正当商业不是打彩票。

范尔鲍克 说实在的，我所责备的就是那种不正当的商业。

钱尔特 就是正当商业有时也有危险。

范尔鲍克 假使危险时期预先知道，有体面的商人一定使他的家庭、债主知道。我的上帝！莫来先生怎么欺骗他的家庭、债主！

西纳 范尔鲍克常常谈到商业！

范尔鲍克 是的，我对于商业从小就有兴趣，我并不惭愧。

西纳 你想你自己很懂商业。

范尔鲍克 不，但是你对于你所欢喜的东西，容易得点皮毛。

哈马 一个人无须多大商业知识可以责备，莫来先生所用的方法，这是大家很明白的。这个方法就是他家庭也采用的。哪个欢喜步莫来先生的后尘？想想他小姐的梳妆台啊！

范尔鲍克 他的小姐是我最好的朋友。我不愿意听人家骂她。

哈马 小姐，你总允许我说一位富人之女没有如这位小姐这样骄傲自夸——这位小姐我是不能说的。

范尔鲍克 南娜并不骄傲自夸。她是很纯正的。她的意思想到什么就是什么——正是一位富人之女啊！

哈马 她想做破产者的女儿吗？

范尔鲍克 一定的，她把她的手饰、衣服——所有零件的东西全变卖了。凡是她所穿戴的，她变卖了付自己的账，或者答应将来去付。

哈马 请问她的袜子有没有变卖？

范尔鲍克 她把什么东西都送去卖。

哈马 假使我知道，我要去买。

范尔鲍克 是的，我敢说有许多人嘲笑她，还有许多流氓不要脸地去买。

钱太太 孩子啊！孩子啊！

哈马 请问南娜小姐有没有把她的安逸同别的动产一齐去卖？——因为我从来没有知道安逸可以出卖。

范尔鲍克 她没有想到要做工。

钱尔特 （向范尔鲍克走来）记着我们所谈的线索；你不知道生意人天天的希望——常常新的希望。希望并不是使他变成骗子。他或者过于纯正——变成一位诗人，生活于梦幻世界之中——或者变成一位天才，人家看不到的地方，他能看得到。

范尔鲍克 我很知道事实的真相。但是，父亲，你也知道。因为你所说的希望时，天才不是入不敷出的人投机吗？

钱尔特 要一定说他投机不投机那是很困难的。

范尔鲍克 真的吗，我想他的账簿可以告诉他——

钱尔特 一定的，去查他的资产、债务。不过价值是流动的。他有机会投机，可以改变全局，虽然投机不能详细说出来。

范尔鲍克 假使他的确负债，他所投机的是用人家的钱。

钱尔特 唔！——或者是这样，但是不是偷人家的钱——不过他用的钱是别人信托他的。

范尔鲍克 相信他可还钱，那是假的假定。

钱尔特 但是那笔钱可以救济全局。

范尔鲍克 但是说诳话、骗人家的事实，那是不能改的。

钱尔特 你所用的言辞太粗鲁了。（钱太太一两次向范尔鲍克暗示，但是她不理。）

范尔鲍克 那种事体，谎话只好瞒住。

钱尔特 但是你要他做什么？摊开纸牌放在桌上给大家看，他自己同别人都破坏了。

范尔鲍克 是的，他应该照顾信托他的人。

钱尔特 在那种事体，我们每年可以看见一千次的失败，并且到处可以看见一个个的倾家荡产。范尔鲍克，你头脑清静，但是思想太偏狭。看啊，报纸在哪里？（西纳同哈马随便在游廊谈话，走上来。）

西纳 我带到你办公室里去了。我不知道你要留在这里。

钱尔特　嘎，我讨厌这办公室！请你把我的报纸拿到这里来。

（西纳出去，哈马跟在后面。）

钱太太　（低声地对范尔鲍克说）范尔鲍克，你为什么不听你母亲的？

（范尔鲍克走出游廊，倚靠廊边，以手支头，向外面看。）

钱尔特　我想我要换外套。嘎，不，我要等到宴会的时候。

钱太太　宴会，我还要坐在这里！

钱尔特　你等人吗？

钱太太　是的，你忘记了吗？

钱尔特　是的，当然。

钱太太　（走出）我怎么办好呢？

（钱尔特一个人的时候，站起来又坐在椅中，脸上现出憔悴的样子，两手抱面叹息。西纳同哈马带了报纸回来。哈马打算再走到游廊，西纳就把他拉回来。）

西纳　父亲，你在这里。此地是——

钱尔特　什么？谁？

西纳　（诧异）报纸。

钱尔特　嘎，是的，将报纸给我。（匆忙地展开报纸。这些大半都是外国报纸，他细查货币论文）

西纳　（同哈马耳语之后）父亲！

钱尔特　（尽看报纸，没有抬头。）嘎，（自己很忧闷地）再跌下,常常跌下！

西纳　哈马同我很想到市镇姑母亚拉家里。

钱尔特　但是你知道两星期以前你在那里。昨天我接到你的债券，你有没有看过？

西纳　父亲，假使你看过了，无须再看。你为什么叹气？

钱尔特　嘎——因为我看见股票跌落。

西纳　唔！你为什么对这桩事体烦恼？现在你又叹气。我觉得这是一定的你对于所爱的人，他们需要什么你不给他，那是多可恨的。父亲你不是对于我们这样不好吗？

钱尔特　不，我的孩子，这是不能的。

西纳　为什么？

钱尔特　因为——因为——唔，因为现在是夏天，许多人要到这里来，我们应该招待他们。

西纳　但是，我知道款待客人是最麻烦的事体，哈马也是同我一样意思。

钱尔特　我的姑娘，你没有想到我有时要做麻烦的事体吗？

西纳　亲爱的父亲，你为什么谈起来这样严重、客气，说起来很可笑的。

钱尔特　严重？我的孩子，这并不是无关重要的事体，如我们做这样大的生意人家，交游广阔，各处来的人都应该好好地招待。你可以代我多多招待。

西纳　无论怎样，那样说起来，哈马同我没有一刻空闲的时候。

钱尔特　我想你们俩在一起的时候，大多要吵闹。

西纳　吵闹吗？父亲，这是不好听的话。

钱尔特　假使你们到市镇里去，就不孤独了。

西纳　唉，在那边情形就不同了！

钱尔特　所以我想——你这样浪费金钱！

西纳　（笑）浪费金钱！我们做什么？我们不是为那桩事体？爸爸听——亲爱的老爸爸——

钱尔特　不要听，我爱——不要听。

西纳 你对于我从来没有这样可怕。

哈马 （以手示意，叫她停止，并且向她低声说话）不要响啊！你没有看见他懊恼吗？

西纳 （低语）嘎，你可以帮我一点忙。

哈马 （如先前一样）不能，我不过比你稍聪明一点。

西纳 （如先前一样）你近来这样怪僻，实在的，我不知道你要什么。

哈马 （如先前一样）嘎，没有什么——因为我一个人要到市镇去。

西纳 （如先前一样）你做什么？

哈马 我要一个人到市镇里去。因为我讨厌这里。

西纳 （跟住他）你走走看！（两人沿着游廊向右边走出去，钱尔特看的报纸丢在地上，深深地叹了一口气）

范尔鲍克 （从游廊向里面看）父亲啊！（钱尔特惊起）克里斯宣尼阿律师贝兰脱先生在那边。

钱尔特 （起来）贝兰脱。在哪里？在码头上吗？

范尔鲍克 是的，（回到房里来。钱尔特从窗口看出）我告诉你的理由，因为我昨天在麦酒场工厂里看到他，不久又在木行看到他。

钱尔特 （对他自己说）那是什么意思？（高声说）嘎，我知道他夏天欢喜到各处参观。今年他到这里来——无疑的，他喜欢看看此地重要的实业。这里没有什么东西看！但是你觉得一定是他吗？我想——

范尔鲍克 （向外面看）是的，就是他。看啊，你知道他的步式——

钱尔特 ——他的两脚交叉走路的把戏——是的，就是他。他好像到这里来的样子。

范尔鲍克 不，他转过去了。

钱尔特 再好没有！（他对自己说，深思的样子）可是这个意思——？

（萨纳司从右边走进来。）

萨纳司 先生，惊扰你？

钱尔特 萨纳司，就是你吗？（萨纳司走到前面来的时候，看见范尔鲍克站在远远的窗边。他现出恐惧的样子，慌忙把他的两手放在背后）你要什么？（范尔鲍克看到萨纳司，于是由游廊走来转向右边出去）你做什么？你等什么魔鬼？

萨纳司 （看见范尔鲍克走过他的身边之后，马上把放在背后的两手拿出来，并且看她）在范尔鲍克小姐前面，我不愿问你是否到办公室里去。

钱尔特 你疯了吗？在范尔鲍克小姐前面，你为什么不问我那桩事体？

萨纳司 我以为——假使不是——假使这里便利，我要同你在这里说话。

钱尔特 萨纳司，你应该脱却含羞的样子；做生意人不应该如此。一个生意人应该活泼敏捷，同女人在一房里不要胡思乱想。我常常看到你是这样——现在什么？脱却含羞！

萨纳司 先生，今天早晨你不到办公室去吗？

钱尔特 不去，今天下午没有邮差出去？

萨纳司 没有。但是有兑换券——

钱尔特 公债呢？没有。

萨纳司 是的，先生——莫来先生第四期兑换券同英国所发行数目很大的兑换券都被人家拒绝。

钱尔特 （发怒）他们还没有碰到吗？这是什么意思？

萨纳司 先生，银行经理想来看你！

钱尔特 你发了疯吗？（神完气定）萨纳司，一定有误会。

萨纳司 我也这样想；所以我对书记长及何思脱先生说过这件事。

钱尔特 对何思脱先生说过——？

萨纳司 同样的事体。

钱尔特 （走来走去）我要去看他，不，我不愿去看他，因为这是很明白的——我们还有几天展限，我们没有吗？

萨纳司 是的，先生。

钱尔特 林特先生仍旧没有电报来吗？

萨纳司 没有，先生。

钱尔特 （对他自己说）我不懂，（高声说）萨纳司，我们要同克里斯宣尼阿直接谈判。本地小银行再行单独商量。萨纳司，那是很好的！（以手示意，叫他走出，于是自说）可恨的莫来，把事体弄糟了，使他们怀疑！（转过来看萨纳司仍旧站在那边）你等什么？

萨纳司 今天是结束的日子——保险箱里没有钱了。

钱尔特 没有钱在保险箱！像这样大的生意，结束的日子一个钱都没有！我要知道怎么办理。我还要反复再三教你商业的常识吗？我不能离去半天或者交托商业最小的部分！我没有靠得住的人，绝对没有，你怎么把事情弄到这步田地呢？

萨纳司 唉，刚才第三张期票，今天到期——何姆公司400镑？很不幸的，我靠这家银行——没有什么，只好把所存保险箱的钱都拿完了——这里同麦酒厂都是一样。

钱尔特 （走来走去，现出不安宁的样子）唔——唔——唔！哪个使何思脱相信那桩事情？——很好，那是很好。——（叫萨纳司出去，萨纳司走出，即刻又回转来。）

萨纳司 （低声说）贝兰脱先生来了！

钱尔特 （诧异）到这里来吗？

萨纳司 他刚刚走上阶级，往右边远远的一扇门走出去。

钱尔特 （低声叫他）拿点酒同糕饼来！——这是我怀疑的！（在镜中看他自己）我主啊！我是多难看！（掉头不顾，再看镜子，勉强一笑，走向游廊，看贝兰脱从游廊左边慢慢地走来。）

钱尔特 （很客气地向贝兰脱招呼，但是很拘束）贵客降临，无上荣幸。

贝兰脱 这是钱尔特先生吗？

钱尔特 如有差遣，唯命是从！我的大女儿刚刚告诉我她看见你在我产业地方行走。

贝兰脱 是的，很大的产业——很大的实业。

钱尔特 太大了，贝兰脱先生。各方面太多了。但是事体很麻烦的，接二连三地来。请坐。

贝兰脱 谢谢你，今天天气太热。（一女婢送上糕饼，酒放在桌上。）

钱尔特 我给你倒一杯酒吗？

贝兰脱 不要，谢谢你。

钱尔特 要吃什么东西吗？

贝兰脱 不要，谢谢你。

钱尔特 （拿出烟罐）请吸一支烟，这烟倒还好。

贝兰脱 我很喜欢好的烟。但是现在不要，谢谢你！（一停。钱尔特坐下去。）

钱尔特 （沉静信任的声气）贝兰脱先生，你在这里长久吗？

贝兰脱　只有一两天。听说你已经出门，没有吗？

钱尔特　是的——就是为莫来先生那件不幸的事情。过户之后，开过一次债主会议。

贝兰脱　现在正是艰难的时候。

钱尔特　非常艰难啊！

贝兰脱　我以为莫来的失败连累倒闭了许多商号——除了那些我们所知道的，你也这样想吗？

钱尔特　我并不这样想。他的失败从各方面看来是例外的。

贝兰脱　我听说他的失败，让各银行稍微受点影响。

钱尔特　我敢说。

贝兰脱　当然的，各方情形你比别人熟悉。

钱尔特　你这样信任我，我是很感激的。

贝兰脱　我想这一切的情形，恐怕对于本地的出口货有不好的影响。

钱尔特　是的，——那是难说；不过最要紧的，个人要站定脚步。

贝兰脱　那是你的意见呢？

钱尔特　无疑的。

贝兰脱　依照常例，这种危机显出商业社会不健全的分子。

钱尔特　（一笑）因为这个理由你以为这种危机让它自然变化吗？

贝兰脱　那是我的意思。

钱尔特　有几处地方，殷实的商号同不殷实的商号很难划分清楚。

贝兰脱　这里商号有没有危险？

钱尔特　唉——你问我的太详细；不过我想总是免不了的。（一停。）

贝兰脱　各银行叫我调查这里的情形，发表意见——一件事体我只信托你。

钱尔特　我是很感激的。

贝兰脱　这里本地的小银行现已联合，一致行动。

钱尔特　真的吗？（一停）我想你曾看见何思脱先生吗？

贝兰脱　当然。（一停）假使我们帮助殷实商号不管别的，那是最好的方法，把他们的实在情形一样地显示出来。

钱尔特　何思脱先生的意见也是如此吗？

贝兰脱　是的。（一停）我已经通知他，目前无论哪个要求预先垫款一律不准——定等到我们收了清单之后。

钱尔特　（眉头一展）我知道了！

贝兰脱　自然，这不过是暂时的办法——

钱尔特　真的！

贝兰脱　但是一个人无论对于哪一个都要大公无私。

钱尔特　好啊！

贝兰脱　待人不公，或者犯了多疑的毛病。

钱尔特　很对的。

贝兰脱　我很欢喜听你的话。那么，你不要误会，假使我也要求你预备清单表示你的商号里实在的情形。

钱尔特　那是很乐意的，假使你这样办，我也能赞助这桩公益的事体。

贝兰脱　说实话，你能够用这种方法使大家信仰愈加坚固。

钱尔特　你什么时候要清单呢？当然的，这张清单是很简略的。

贝兰脱　自然，要的时候，我亲自来取。

钱尔特　不必。假使你现在要清单，我马上就可以给你。因为我起草总结清单是弄惯了的——你知道市价时常有涨有落。

贝兰脱　真的吗？（微笑）当然，你知道他们说到骗子的事体——就是这些骗子每天起草，3 次清单完全不同！但是你现在教训我，很明白的——

钱尔特 （笑）——别人或者有那种不好的行为——但是我实际上一天没有起草过 3 次。

贝兰脱 我不过说说笑话。（站起来。）

钱尔特 （站起来）当然，我把这张清单一小时之内送到旅馆；因为我假定你住在我们所称的唯一的旅馆。你不想把你的行李搬到这里，住在我们一两间空余的房子里，当作你自己家吗？

贝兰脱 谢谢你，但是我耽搁的时间没有一定；并且我的身体不好，什么都不方便。

钱尔特 无论如何今天我请你吃便饭。我还要等一两个朋友，饭后或者到岛上去泛舟；这些海岛风景倒还不差。

贝兰脱 谢谢你，但是我的身体不许我这样优游娱乐。

钱尔特 哈，哈，哈！你还有什么吩咐吗？

贝兰脱 我未回去前，很欢喜同你散步闲谈，不过越早越好。

钱尔特 （几分惊异）你想要收到一切清单吗？

贝兰脱 从何思脱先生那边已经收到许多清单了。

钱尔特 （更加惊异）嗄，你是要今天吗？

贝兰脱 5 点钟好吗？

钱尔特 随你的便！我 5 点钟去看你。

贝兰脱 不必，5 点钟我到这里来。（鞠躬退出。）

钱尔特 （跟他后面）但是你是病人——年纪大的人——一位名人。

贝兰脱 你留在这里。再会！

钱尔特 谢谢你驾临的荣幸。

贝兰脱　不必送出来。

钱尔特　让我护送你吗？

贝兰脱　我自己能走出去，谢谢你。

钱尔特　无疑的，无疑的——但是我今天觉得很荣耀的！

贝兰脱　请便！　（他们刚刚走到游廊的时候，遇见西纳同哈马携手走来，

　　　　他们很客气的彼此让路。）

钱尔特　让我来介绍——不，一定的，贝兰脱先生无须介绍。这是

　　　　我的小女——这是她未婚夫中尉哈马。

贝兰脱　中尉，我想你这连队在操演吗？

哈马　我已告假——

贝兰脱　无疑的，因为有要紧的事体，再会！

　　　　（同贝兰脱走下阶级。）

哈马　骄傲的人！他无论对于哪个都是如此。

西纳　但是我所知道的，对我父亲并不如此。

哈马　你的父亲也是很骄傲的。

西纳　你不要说到我父亲这些事体。

哈马　那么我们笑贝兰脱这样无礼叫作什么？

西纳　我叫作好的精神！　（坐在摇椅，摇动起来。）

哈马　嘎，那么，你这样，——今天你不大好。

西纳　（仍旧摇椅）不，你知道，有时我很讨厌你。

哈马　你为什么不让我走呢？

西纳　因为没有你更加厌闷。

哈马　我老实告诉你，人家这样待我，我是住不下去的！

西纳　很好。（她摇着椅低声唱歌，一面脱下订婚戒指握在大拇指与食

指中间。）

哈马　嘎，我不是说你，但是看看范尔鲍克！看看你的父亲！他的一匹新马都不让我骑！

西纳　他有心事——或者比那件事还要重要。（仍旧低声唱歌。）

哈马　嘎，西纳，好一点！你必定承认我所想的是自然的、实在的，坦白地说——因为我知道我对于你无话不谈——我觉得我既然是他的女婿，在骑兵队里当一位军官，他自己又没有儿子，我可希望——他把这匹马送给我。

西纳　哈，哈，哈！

哈马　你觉得这是无礼吗？

西纳　哈，哈，哈！

哈马　西纳，你为什么笑我？当我的朋友看见这匹马，都称赞它，假使我说，这是我的丈人送给我的，那么，他们或者都说你们家里很好。因为你要知道，在挪威全国之中，没有比这匹更好的马。

西纳　那就是你要这匹马的理由吗？哈，哈，哈！

哈马　我不要听！

西纳　无双的中尉骑这匹无双的马！哈，哈，哈！

哈马　西纳，不要多说！

西纳　你太有趣了！（再闭口而唱。）

哈马　西纳，听！你在父亲前面最有势力——嘎，听啊！你不能郑重地谈一会儿吗？

西纳　我欢喜这样。（继续闭口唱歌。）

哈马　我的意思就是这样，假使那匹马是属于我的，夏天我都在这里，并且把它养得很驯熟的。（西纳摇椅，闭口唱歌。哈马走到她的椅边靠在她身上）倘能够这样，到了秋天我同你及马一道到市镇里去。你不高兴吗？

西纳　（向他看了一会儿之后）嗄,是的,我爱,你常常有这样好的意思！

哈马　不是我啊！自然，但是这桩事情完全在于你是否能够从你父亲那里得到这匹马。我爱，你去试试吗？

西纳　那么，你夏天住在这里吗？

哈马　夏天住在这里！

西纳　为驯养这匹马？

哈马　正是！

西纳　秋天我同你一道到市镇里去——那是你所说的，不是吗？

哈马　是的；这事不快乐吗？

西纳　你不是也把这匹棕色马带到你姑母亚拉家里吗？

哈马　（笑）什么？

西纳　唉，你请假其实为这匹马——我很知道——你提议住在这里是要驯养这匹马，于是你想带这匹马同我到你姑母家里——

哈马　但是，西纳，你？

西纳　（很剧烈地重新摇椅）走吧！

哈马　妒忌一匹马！哈，哈，哈！

西纳　到马房里去。

哈马　那是惩戒我吗？在马房里可能比在这里好。

西纳　（抛下戒指）在那边，让你的马戴这个戒指！

哈马　你每次抛下那个戒指——

西纳　嗄,你老是这样说！我也讨厌了！　（她把椅子转过,背朝着他。）

哈马　你是一个很坏的孩子，无论什么事情你说起来都很认真，那是很不对的。

西纳　我告诉你，我也讨厌那些话——120次啊！走吧！

哈马　但是你不知道这是很好笑的妒忌这一匹马吗？你听说过别人是这样的吗？

西纳　（跳起来）嘎，你要我哭！我看见你很惭愧的。（顿足）我看不起你！

哈马　（笑）完全为这匹马吗？

西纳　不为你自己——你的，你的！有时我觉得非常忧愁，恨不得倒在地上大哭一场——或者跑去不回来！你不能让我一个人在此！你也不去！

哈马　是的，——这次我没有拾起戒指。

西纳　嘎，走啊！——走，走，走！（放声大哭，坐下来。）

哈马　不错！——远远地我看见轮船，我马上回家。

西纳　嘎，你我都知道这只轮船到别的地方去！嘎！（哭。船桅同烟囱渐渐地看见，烟的余缕散在天空。外面听到钱尔特的声音："快来！把中尉的船预备好！"西纳跳起来。）

哈马　他们到轮船上去接人！（又听到钱尔特的声音："你把这只船划出来！他到这里来！"哈马跑去拾戒指，匆忙地回到西纳这里来。）西纳！

西纳　不要，我不要！

哈马　西纳，我爱，这是什么意思？我做了什么事情？

西纳　我不知道，但是我心里非常懊恼！（忽然哭了。）

哈马　但是你要知道，终了我总常常依你。除了那桩事体你还想什么?

西纳　我没有法子;我愿死了! 事情老是这样! (又哭。)

哈马　但是,西纳——你同我说过数百次你是爱我的!

西纳　我曾经说过。但是有时我们的婚约似乎很可怕——! 不,不要接近我!

哈马　西纳,(听到外面钱尔特的声音:"当然,你穿着最好的外套。"继续地说:"不要忘记你的手套!")眼泪拭干,西纳,不要让他看见你哭了。(他试着给她戒指,但是她掉头不愿,拂拭眼泪。钱尔特走上阶级,向游廊而来。)

钱尔特　嘎,你在这里! 很好。林特先生乘这只轮船来的——我刚刚接到他的电话。(向游廊高呼)把那些旗子带出来! 小船划出,不必竖桅。泊近这里岸边! (哈马跑去帮助他)是的,你去解缆。(哈马解了缆,拖到右边。钱尔特走进房里)西纳! (看着她)什么? 有口角吗?

西纳　父亲!

钱尔特　嘎,没有工夫做那种无意识的事体,今天你要帮家里争点面子。你去告诉范尔鲍克——

西纳　请你自己告诉她! 你知道范尔鲍克做事要她喜欢。

钱尔特　不要说些废话! 现在真是要紧的时候——你照我所说的话去做! 告诉范尔鲍克打扮漂亮一点,到这里来。你也要这样。(她走出去)西纳!

西纳　(停步)唔!

钱尔特　我们必定请五六个人吃饭。你要通知费尼先生准定3点钟吃饭,因为林特先生要坐5点钟的船回去,你知道吗?

西纳　这么多人吃饭，母亲有没有预备充分的菜？

钱尔特　这并不是够不够的问题——还要很好的菜。我盼望今年夏天厨房里储藏很多的食物。这桩事体我说了多少次呢？

西纳　（遏制流泪）但是今天母亲觉得不舒服。

钱尔特　嗄，不要老是说"觉得不舒服"，今天没有工夫觉得不舒服，快一点！（西纳从远的一扇门走出去。钱尔特转向哈马说）拿纸笔来！我们即刻要写一张请客单！

哈马　（四面一看）这里没有纸笔。

钱尔特　（不耐烦）那么，去拿！（哈马走到隔壁房间。钱尔特叹了一口很长的气，借解胸中忧闷再读手中所拿的电报。慢慢地读电报时，两手发颤，有几节，他反复地读："动身的时候刚刚接到你的信。在我未担任事体之前，先要会晤。今晨第一班轮船来，下午5点回去。请预备清单。林特。"我不顾这个电报——但是这是实在的。假使我把这桩事体好好地做成功，家里人都欢迎我！哈马回来，他对哈马说）你来了！写请帖或者时间太久。我们写一张名单吧，叫一个书记去请。（口说笔记）这位牧师——嗄，用什么香槟酒？

哈马　你的意思是新的一种吗？

钱尔特　是的。

哈马　这位牧师很称赞这种酒。

钱尔特　好吧。那么——

哈马　（写）这位牧师。

钱尔特　凌先生。

哈马　凌先生。

钱尔特 何——何——

哈马 何思脱先生吗?

钱尔特 不是,不是何思脱先生。(哈马非常诧异。钱尔特对他自己说。)我看现在用不到他! (忽然对哈马说)何姆先生。(对他自己说)何思脱的敌力!

哈马 何姆先生。

钱尔特 (对他自己说)何姆虽然是一个村农。请他吃饭,何思脱知道要懊恼的。(高声)警察所长。

哈马 这位警察——

钱尔特 不,删去警察所长。

哈马 警察所长涂了!

钱尔特 涂了牧师吗?

哈马 他是名单上第一位。

钱尔特 是的,当然的。

哈马 县知事怎么样?

钱尔特 不,他住的地方太远。要是请他,除非他是主座,能够常常谈谈商业事体。但是,让我看,牛崇先生 (Mr Knutzon),牛崇有一"z"字。

钱尔特 嘎,——同——牛森! (Mr Knudson) 牛森有一"s"字。

哈马 牛森有一"s"字。

钱尔特 我们一共多少人?

哈马 牧师,凌,何姆,所长——不,警察所长已经删去;牛崇有一"z"字,牛森有一"s"字。1, 2, 3, 4, 5, 6。

钱尔特 费尼,你,我,一共9人。我们一定要12个人。

哈马　女人怎么样？

钱尔特　不，商业宴会，无须女人。酒后再请她们，现在还有哪个？

哈马　那位新律师吗？他是一个精明的人。我不能想出他的名字吗？

钱尔特　不，无论他到什么地方，他总欢喜演说。——嘎，泊兰姆先生，他是海关上的职员。

哈马　那个人吗？常常醉酒！

钱尔特　是的，但是他不吵闹，也不伤人——恰恰同人家相反！是的，写下泊兰姆。

哈马　泊兰姆先生。

钱尔特　在这样小小市镇里，我们想请一班好的人，那是很困难的事体。唉！——番儿勃！我忘了他。他是很风雅的，并且没有多少话。

哈马　你以为他衣服文雅吗？

钱尔特　是的，他的衣服也很文雅——但是我所说的文雅是普通的意思。现在第十二个人——茅顿舒尔士。

哈马　茅顿舒尔士！（站起来）我敢大胆反对他！你知道我们前次吃饭的时候，他在许多客人前面所做的事体吗？我们吃饭吃到一半的时候，他拿下镶的牙齿给坐在他旁边的人看，打算一个一个传递过去！假使你以为这种人是一班好的人——唉！

钱尔特　是的，他外貌虽粗，本性纯良。但是他在这里是一个最有钱的人。

哈马　（再坐下去）嘎，他既然有钱应该买假发！我敢对你说坐在他旁边的人很讨厌他的!

钱尔特　是的,我知道他是一个卑鄙的人;但是,他做事勤恳,请他吃饭,那是鼓励他的!我的小朋友,你知道一个人富有的时候,我们总要原谅他。

哈马　我不知道你想他什么。

钱尔特　唔,唔!——不,嘎,我们最好不要他吗?

哈马　一定!

钱尔特　(对他自己说。)林特虽然知道我们请茅顿舒尔士的意思——

哈马　说这些事情!女人们要离开这间房子!

钱尔特　是的,你说得不错。(喃喃自语)毕竟,我用不到他。(高声说)但是我们第 12 个人呢?让我看——

哈马　克里斯陶拂汉森吗?

钱尔特　嘎,上帝!不,我们要谈到政治。不,让我看——是的,我想我冒险一下!唔,唔——是的,就这个人吧!杰克勃逊,酿酒厂经理。

哈马　杰克勃逊吗?

钱尔特　唔,唔!杰克勃逊很好。我知道他。

哈马　嘎,他是一个很好的人——我们都知道的,不过在上等社会之中——!

钱尔特　唔,唔,唔!把他写下吧!

哈马　(写着)杰克勃逊。写下来了!(站起来。)

钱尔特　叫斯考克斯但得去送名单吧?记住,准定 3 点钟!快——点!(哈马走出去,叫他回来)名单给他之后,你回来。或者还有事体!(哈马靠最近的一扇门走出去。钱尔特从袋里拿出一封信。)

嘠，当然的！我把这份清单送给贝兰脱吗？现在我不依赖银行，然而还不免有点困难。无论如何这是一份很好的清单！何思脱或者一定要看，那是很有用的，不过看这清单很麻烦的。如若我不送去清单，他们想到我从前的应允使我自己处到困难的地位，林特或来救我。我冒险把清单送去。（哈马回来）你看，让他也带去这封信。这封信送到维多利亚旅馆给贝兰脱先生。

哈马　这是请柬吗？假使一张请柬，我们有 13 个人。

钱尔特　这不是请柬。他还没有走，快快送去。（哈马再走出去）嘠，祝愿此事成功！林特是一个好说话的人——我一定，一定说服他！（看看他的表）我还有 4 个钟头。我并不觉得很有希望——不是因为有长久时间。（想到出神，于是静静地说）毕竟危机有时也是一桩好的事情——如同海洋大浪把我们推上去！——他们现在生起疑心，就要惊惶起来。（叹气）假使我能够平平稳稳渡过难关，无人怀疑——嘠，这样日夜担惊受怕——我要保守这些阴谋秘密。我所做事体如在梦中。（失望的样子）这是最后一次做这种事体，再没有了——我只要一位帮手，我已得到了！但是我真得到了吗？那是一个问题。倘使我得到一位助手，渡过难关，我要看看晚上怎样好睡，早晨起来怎样无愁无虑——同他们吃饭，心中泰然——晚上回家，觉得事体都已办了！假使能够如此，我所有的东西我可说我自己的——实实在在我自己的！可是现在我不敢相信有一个机会——我常常是失望的啊！（哈马回来。）

哈马　那桩事体办了！

钱尔特　好的上帝，礼炮怎么样？我敬他一响礼炮！

哈马　我们有火药。

钱尔特　那么，即刻告诉窝儿去办这件事体。

（他们匆忙出去。）

〔闭幕〕

第二幕

第一场

景：同一房子。一张桌子拖到一边，桌上堆满香槟酒的瓶及水果的碟子。

〔**幕启**，钱太太、西纳同一个男仆、一个女婢，很忙碌地收拾这张桌子。隔壁房间在高谈阔论，从右面一扇门可以听得到的，有时并且听到他们捧腹大笑的声音。〕

钱太太 （厌倦的口气）我想一切的事体都预备好了。

西纳 他们很长久地还在谈论宴会的事体。

钱太太 （看她的表）他们吃尾食品只有半个钟头，因为林特先生5点钟要走的。

西纳 他们吃了！听，他们离开座位。（在高声谈话之中又听到推椅的声音）他们到这里来了。

钱太太 是的；我们走吧。（女婢从远的一扇门走出；西纳扶住钱太太出去。这个男仆开香槟酒。客人从饭厅走进来，领头的是林特，钱尔特陪着他，他同钱尔特说饭菜非常精美，钱尔特回答他说在小小的乡野市里做不出什么好的菜。他们两人看看表，只有半个钟头。钱尔特很恳切地挽留他，但是留他不住。跟住他们后面的两个人是何姆和凌克，他们对于木头的价格争论得很厉害，何姆说木头要跌，凌克说因为煤价格跌落，木头就要涨价，关于这一点何姆同他辩论得非常激烈。凌克和何姆后面跟着牧师，哈马陪着，稍有醉态。这位牧师切实地同他说他对于教区人民不到牧师那去做礼拜必须纳款替代，并不反对。因为圣职是天国里最重要的特质，一定要维持的。哈马想插说一两句话关于棕色的马，但是没有机会。同时牛崇同番儿勃谈论一位女跳舞家，番儿勃在哈姆勃儿地方看见的。他说她能跳到 6 尺高，牛崇有点怀疑，他说这是毫无疑问，因为一次他同她同席吃过饭。费尼、牛逊、杰克勃逊跟到他们后边走进来。杰克勃逊向人挑战去反驳他，但是他们反对说他完全误会他们的意思。他坚决地说无论怎样在世界上或在挪威，他的主人是一位伟大的商人，最好的人。泊兰姆一人进来，现在酒醉长思的神情。他们一切的人同时谈话。）

钱尔特 （敲敲玻璃杯）诸位先生！ （忽然静默，只有番儿勃、杰克勃逊的声音，别人关照他们，也静默了）诸位先生！对不起，吃饭费了许多的时间。

所有的人 （一致地）不，不！

钱尔特 很不幸的，我们的贵客在半点钟之内要离开此地，所以我乘此机会说几句话。诸位先生，我们今天有一位领袖。我说一位领袖，因为假使银行家统治世界是实在的——假使这是真的，诸位先生——

泊兰姆 （站在前面，靠着桌边，严肃地说）是的。

钱尔特 ——我们的朋友是一位领袖！他对于重要事业都去创办或者用他的大名来赞助。

泊兰姆 （举杯）林特先生，我有荣誉——？

众声 ——嘘！嘘！

钱尔特 是的，诸位先生，他的大名辅助各种事业。没有他的赞助，一个人很难成功。

泊兰姆 （庄重地）他的赞助。

钱尔特 那么，我说他是一位领袖不对吗？

番儿勃 （微弱的声音）是的。

钱尔特 诸位先生，今天有许多事情好几次受他的大名的影响。我可以说在挪威没有比他更真实的恩主。

泊兰姆 伟大的人物。

钱尔特 让我们喝酒，祝他健康。并愿他兴隆昌盛名垂千古！林特先生呀！

所有的人 林特先生，林特先生！（他们向他奉觞祝颂，酒溢杯外。）

钱尔特 （他们吃尾食品的时候，他把哈马拉出，稍微粗鲁）敬炮怎么样？

哈马 （惊慌失措）上帝呀！（走到窗口，忽又回来）我的手帕没有了，一定丢在饭厅里。

钱尔特 这是我的手帕！（在袋里摸着）你这点小小的事体都靠不住，敬炮现在太迟了。这是很倒霉的！（哈马走到窗口狂舞手帕。后来听到炮声，这些客人整群地站着，手里拿着尾食品的碟子。）

何姆 等一等!

牛崇 稍为迟一些——

凌克 但是很重要的时候!

何姆 意外的时候!

牛崇 （戏谑）在炮声之中，让我介绍一位盲从的人。

凌克 嘎，钱尔特可知道他自己做怎么事体!

钱尔特 林特先生客气得很，提议祝饮。（他们静默下去。）

林特 我们可敬的主人很恭维我，祝我健康，我再加这层意思那些提倡实业，奖掖天下，赞助伟大事业的人应当得到好处。

泊兰姆 （没有迁动他的地位）说得多高尚呀!

林特 我不过是信托管理人，眼光短小。

泊兰姆 妙啊。

林特 但是我不至于错误，假使我们所赞美的钱尔特各方活动建筑在坚实基础之上；因为那桩事体在现在的时候没有人判断如我这样精确。（这些客人面面相觑，现出惊奇的样子）所以我无疑地说，他的活动对于这个市镇，对于这个区域，对于我们的全国都是很荣耀的，而且他的天才、毅力应得人家称赞。我提议祝饮"钱尔特商号昌盛"。

全体客人 钱尔特商号昌盛!

钱尔特 我诚心地感谢你，林特先生! 我是感激得很。

林特 钱尔特先生，我信服你再没有话了!

钱尔特 谢谢你! （向哈马）你对主人放礼炮是什么意思? 笨伯!

哈马 你说提议祝饮的时候放礼炮，不是吗?

钱尔特 嘎，你是一个——!

何姆　我想这是一桩已成的事体吗？

牛崇　已成的事体！那个祝饮至少代表 2 万镑的金钱。

凌克　是的，钱尔特知道他做什么！我已经说过那件事体！（番儿勃很有礼貌地同林特喝酒。杰克勃逊向前走来同牛逊谈话。）

杰克勃逊　（低声）你所说的没有一句真实的话！

牛逊　我亲爱的杰克勃逊，但是你误会我了！

杰克勃逊　（高声）不要说，我知道我的人了！

牛逊　不要谈得这样响！

杰克勃逊　（仍旧高声）凡是我所说的，无论哪个人都可以听得到的！

钱尔特　（同时）这位牧师想说几句话。

牛逊　（向杰克勃逊）嘘！这位牧师想说几句话。

杰克勃逊　我要静默，因为那堕落地狱的——

钱尔特　（命令的语气）这位牧师想说话。

杰克勃逊　请你恕宥！

牧师　我以这个家庭精神顾问的资格，向上天祈祷赐福于我们的主

泊兰姆　祝愿此人及他的朋友，愿他们精神愉快永远安宁。

牧师　我要求你们祝饮主人儿女的健康——那几位小姐自从行坚信礼之后，她们的安宁是我祷告的目的，——自从那可纪念的日子就是家事与教务同时去做。

泊兰姆　嘎，是的。

牧师　愿他们将来与过去一样地敬畏上帝，顺从父母！

全体　范尔鲍克小姐，西纳小姐！

哈马　（惊惶）我做记号吗？

钱尔特　嘎，去——！

哈马　唔，假使再——!

钱尔特　牧师先生很感谢你，我同你一样希望父母与儿女的密切关系存在。

牧师　我很高兴到你家里，因为很优待的。

钱尔特　敬你一杯酒吗？（他们彼此饮一杯酒。）

牧师　我亲爱的先生，好香槟酒呀!

林特　（向何姆）听你所说的话使我很痛心的。这个市镇得到很多钱尔特先生的好处，真是这样无情无义地报答他吗？

何姆　（低声）一个人决不会十分信赖他。

林特　真的吗？我听人家很响地唱他们的赞美歌，你知道的。

何姆　（如先前一样）你误会我。我的意思是为他的地位——

林特　他的地位吗？那一定是妒忌。一个人所做的事业，地位高于人家，常常有人议论。

何姆　无论怎样，我敢说这并不是由于……

林特　（冷淡）我不疑心。（走开他。）

杰克勃逊　（钱尔特刚刚同他喝酒）诸位先生!

牛崇　（走过时向何姆）那个乡人真让他去演说呀!（走到林特）林特先生，敬你一杯酒吗？（几个客人开始谈论对于杰克勃逊演说，表面上很冷淡的。）

杰克勃逊　（可怕的声音）诸位先生!（一静，他继续平常声音）乘这宴会的时候，让一个庸人也说一句话。钱尔特先生雇用我的时候，我是一个可怜的孩子；但是他助我于沟渠之中。（大笑）我是——诸位先生，我是什么! 所以假使此地有人谈论钱尔特先生，只有我有资格，——因为我知道他。我知道他是一个好人。

林特 （向钱尔特）孩儿同醉汉——

钱尔特 （笑）——说真实话。

杰克勃逊 许多人将要告诉你们关于他的事体这件那件——当然的，他也有失败，如同我们一样。但是我现在在你们这一般好的人之中我要说——就是——假使钱尔特先生对于你们不大好，祝愿魔鬼来捉我！（大笑。）

钱尔特 够了，杰克勃逊！

杰克勃逊 不，这是不够！虽然我们有这样好的宴会，只有一个祝饮我们忘记了。（笑。番儿勃拍手并且呼喊，"妙啊！"）是的，这没有什么好笑；因为我们没有向钱太太祝饮。

林特 只有一个妻子，一个母亲为你们！我能告诉你——实在的——她不舒服的时候，仍旧管理家务，预备酒筵，所有事体挑在她肩上不说什么，我说，上帝赐福与她！——这是我所要说的。

几个客人 （举杯）钱太太！钱太太！

泊兰姆 （握着杰克勃逊的手）杰克勃逊，你是很好！（林特加入他们；泊兰姆很恭敬地走到一边。）

林特 杰克勃逊，你同我干一杯吗？

杰克勃逊 很感谢你。我不过是一个常人——

林特 但是一位心地良善的人，祝你健康！（他们彼此对饮。那时候一只船向游廊下面岸边划来，6个水手站在船中，学海军的样子棹桨。萨纳司把舵。）

何姆 （向牛崇低声耳语）钱尔特请杰克勃逊的时候知道他所做的事体！

牛崇 （低语）看这只船啊！

凌克 钱尔特是一个很聪明的人——一个很聪明的人！（范尔鲍克、
西纳、钱太太走上游廊阶级可以看得见的。）

钱尔特 诸位先生，离别的时候到了；我看这几位女眷到这里来要见
见我们的贵客。让我们乘此最后的机会围住他——围住我们的
领袖——谢谢他的驾临！让我们向他欢呼三次！（欢呼）

林特 诸位先生，感谢得很！现在时间不多，只向你们告别。（向钱
太太）我亲爱的太太，再会。你应听到我们祝饮你的健康。我
热忱地谢谢你的优待并望恕我搅扰。（向西纳）小姐我很抱歉。
现在没有时间同你深谈。你的精神很好的！但是你曾经说过，
假使你到克里斯宣尼阿来……

西纳 我定晋谒崇阶拜望林太太。

林特 谢谢你！谢谢你——欢迎得很。（向范尔鲍克小姐）你不大舒
服吗？

范尔鲍克 是的。

林特 你看起来这样庄重。（范尔鲍克没有回答。他冷淡地继续说话）
范尔鲍克小姐，再会。（向哈马）再会。先生！

钱尔特 哈马先生。

林特 嘎，这位少年同我谈马——你将来的女婿，请你恕我没有——

哈马 不要说！

林特 再会！

哈马 先生，一路顺风。

林特 （冷淡地向何姆）何姆先生，再会。

何姆 （镇静而有礼貌）林特先生，祝你一路平安。

林特　（向泊兰姆）泊兰姆先生，再会。

泊兰姆　（握住他的手，好像想说什么，但是没有说出，后来说出。）我
　　要谢谢你为——为——我要谢谢你为——为——

林特　你是一位很好的人！

泊兰姆　（安慰的声气）我很欢喜听到这话！谢谢你！

林特　（向牛崇）再会，——先生。

牛崇　（匆忙地）再会。

泊兰姆　有一个"Z"字。

林特　（向牛逊）再会，先生。

牛逊　牛逊。

泊兰姆　有一个"S"字。

林特　（向番儿勃）——先生。

番儿勃　番儿勃。

林特　再会，番儿勃先生！（向凌克）我很欢喜看你气色很好，凌先生。

凌克　（低低的一鞠躬）先生，祝愿你同我一样！

林特　牧师先生。再会！

牧师　（紧握他自己的手）祝愿你佳运与快乐，林特先生——

林特　谢谢你。（想走）

牧师　远涉重洋！

林特　谢谢你。（想走）

牧师　祝愿你平安回来，林特先生——

林特　很感谢你。（想走）

牧师　——我们亲爱的祖国；一个地方，林特先生，有你——

林特　牧师先生，请你恕我，时间紧迫。

牧师　让我谢谢你我们今天会晤的欢乐，林特先生，因为——

林特　真的，没有时间！再会。（向杰克勃逊）再会，杰克勃逊先生，再会！

杰克勃逊　林特先生，再会！我知道我是一个常人；但是我为什么不祝你一路顺风。不是吗？

林特　是的，杰克勃逊。——费尼先生，再会！说起——只有一句话！（低音）你说贝兰脱先生。（把他拉到旁边。）

钱尔特　（向哈马）唉，这次礼炮记住！——不，不，不！不要这样匆忙，等这只船动身之后你还再做一次！

哈马　唉，假使我再——

钱尔特　（向林特，林特手伸出来同他握手）再会，林特先生。（低声）你这次来没人如我这样有理由来谢谢你。只有你知道——

林特　（面容冷淡）钱尔特先生，不要说这桩事体。祝你事业吉利！（恳切的声音）各位再会——谢谢诸位恩惠！（这个从仆很长久地拿了他的帽子，现在把他的帽子给他，他的外套给萨纳司。林特走进船中。）

全体　再会，林特先生，再会！

钱尔特　再来欢呼！（欢声与炮声同时听到。这只船划出去。他们全体挥舞手帕。钱尔特匆忙地走进房里）我没有手帕；那个笨伯有——（看见范尔鲍克）你为什么不挥舞手帕呢？

范尔鲍克　因为我不愿意。（钱尔特看看她，但是不说什么。他走到别的房间，两手拿了台巾，匆匆忙忙走到游廊。）

钱尔特　（挥舞，呼喊）再会，再会！

西纳　让我们出去到一个地方，可以看见他们走了！

全体　是的，是的！（除钱尔特同范尔鲍克，他们慌忙走到右边。）

钱尔特　（走进房里）我看见贝兰脱来了！（范尔鲍克从右面这扇门走出去。钱尔特向前走来，台巾抛在桌上，自己坐在椅中）唔，——唔！但是这是最后的一次。——我无须再做这种事体！（很疲倦地起来）嗄，我忘记了贝兰脱！

〔闭幕〕

第二场

景：钱尔特私人办公室。左面一张写字台，台上堆满许多总簿、报纸，右面一架火炉，炉边放着一把安适的椅。右面前边放了一张桌子，桌上有笔、墨水瓶，桌的两旁有两把圈椅；一把放在桌后，朝着观众，另外一把放在桌边。写字台的两边有两扇窗子；火炉外边有一扇门，房后一扇门通到别的办公室。这扇门的两边各放一把椅子。一根拉铃绳子挂在墙上。房后扶梯直达钱尔特寝室。

〔**幕启**，贝兰脱同钱尔特从后面走进来。〕

钱尔特　宽恕我请你到这里来，别间房子因为吃过酒席，乱七八糟。

贝兰脱　我听到你有客人。

钱尔特　是的，从克里斯宣尼阿来的林特先生。

贝兰脱　不错。

钱尔特　你不坐下吗？（贝兰脱把他的帽子、外套放在门边椅上。慢慢地向前走来，坐在桌边，从袋里拿出纸来。钱尔特坐在桌边另外

一把椅子上，冷淡地看着他）

贝兰脱 我们现在所需要的有一定标准，依这个标准估计产业实在的价值。我们把你所做的事业当作基础，你反对吗？

钱尔特 不反对。

贝兰脱 那么，我要批评你的数目，并且问你几个问题。

钱尔特 一定的。

贝兰脱 先拿你这里的财产计算，我们可以得到本地的价格。譬如摩儿斯坦德森林，我看，你可以写下 16 500 镑。

钱尔特 （冷淡）我吗？

贝兰脱 你买来 1 万镑。

钱尔特 是的，这是 4 年以前。那时树价不高。

贝兰脱 自从那时以来，你所伐下来的树林值 2 万多镑。

钱尔特 哪个告诉你的？

贝兰脱 何思脱先生。

钱尔特 何思脱不知道这件事。

贝兰脱 你知道我们要很精确。

钱尔特 是的，当然的，全般估价不关我事，但是有关系的人要反对。

贝兰脱 （不理他）所以我想从 16 500 镑减到 1 万镑。

钱尔特 1 万镑？（笑）随你的便。

贝兰脱 以同样标准计算，司德夫森林至多不过 4 000 镑。

钱尔特 让我说一句话，假使你用这个方法估计价值，这里的人个个都要破产。

贝兰脱 （微微一笑）我们冒险一下。你定你的码头及码头上的东西价值 1.2 万镑。

钱尔特 包括正在建造的两只船——

贝兰脱 ——这两只船还没有造成，想找买主那是很困难的。

钱尔特 真的吗？

贝兰脱 我想我们不能定这个码头及码头的东西价格超过 8 000 镑——我相信就是 8 000 镑的数目还嫌太多。

钱尔特 假使你能够给我找到一个码头如这个码头这样贮藏货物，并且有许多利益，我宁愿出 8 000 镑去买；我觉得这是一定的，对于贱价买来的东西现在不止值 4 000 镑。

贝兰脱 我是否继续下去？

钱尔特 随你的便！不过以这样新的意见我倒要起了好奇心来估计我的产业。

贝兰脱 说实在的，你所生活产业款目，估价太高——地啦，住宅啦，花园啦，栈房啦，码头——没有说到破酒厂同工厂，后来再说。就是商号我觉得估价也是太高。

钱尔特 唔？

贝兰脱 不仅如此，你家里奢侈器具太多，不能照原价变卖。假定——这是大概有的一个乡人买了这个地方。

钱尔特 你看，我好像已经赶出这个地方。

贝兰脱 我不得不把我的计算根据于假定财产变卖的价值。

钱尔特 那么，你怎样估它？

贝兰脱 不到你所估价的一半，就是怎么说在——

钱尔特 你必定恕我，假使我说这句话，这句话在我口上已经有好些时候了；我是诽谤！你强入人家，借口征求他的意见，实际上——在纸上——你劫掠他所有的财产。

贝兰脱　我不知道你。我想得到一个价值的基础；你自己说过，这是一桩不关你个人的事，不是你说的吗？

钱尔特　是的；不过说说玩笑——假使别人承认我这句话——那么，有体面的人所发表的意见，不能当作假的证据。

贝兰脱　这是很明白的，估计价值观点各有不同。但是我看来都是一样。

钱尔特　你不知道你这样估价如同割我的肉吗？我的产业我亲手一点一点挣起来，并且非常努力地替它守住——就是这些产业把我的家庭同我所亲爱的人联合一道——已经变成我生命的一部分。

贝兰脱　（一点头）——我很知道那桩事体。可以定下酿酒厂——

钱尔特　我反对你这样估计下去，你去寻别人的产业做你估计价值的基础——你必定去同别人商量，他们对于商业的意思同你滑稽的意思很相合的。

贝兰脱　（靠回椅背）那是可怜。这些银行渴望你回答我的意见。

钱尔特　你有没有将我的说明书送到银行？

贝兰脱　说明书上有我同何思脱先生的评注。

钱尔特　那么，这是个圈套吗？我相信我要同上等人争论！

贝兰脱　银行或我，什么分别？因为我完全代表银行做同样事体。

钱尔特　这样无耻大胆是不能宽恕的！

贝兰脱　我想我们不必说这些难听的话——无论怎样在现在的时候——宁可想想清单的效果。

钱尔特　我们这些人看啊！

贝兰脱　例如林特公司银行的房屋吗？

钱尔特　你以为我的清单有你同何思脱旁注也送到林特公司吗？

贝兰脱　炮声同宴会的嘈声使我想到这种情形,所以胆敢调查这些银行。

钱尔特　你也到这里侦探吗?你用秘密手段破坏我的商业联络吗?

贝兰脱　你的地位这样,你害怕吗?

钱尔特　这并不是我的地位问题,但是你的行为!

贝兰脱　我想最好我们维持所讨论的这点。你定下酿酒厂——

钱尔特　不,你的行为太卑鄙了,我这样的一个老实人不同你争论。
　　　　　我说过的我只好同上等人争论。

贝兰脱　我想你误会这种情形。你负银行的债款很可观的,所以要
　　　　　求你处理债务那是很合理的。但是想办这一件事体,你一定要
　　　　　同我一道来做。

钱尔特　(想了一会儿)很好!但是不要琐琐碎碎——很简略地让我
　　　　　知道你的总结。

贝兰脱　简单地说,我的结论是这样,你估计你的资产值 90 800 镑,
　　　　　我估计你的资产值 40 600 镑——

钱尔特　(安静)这样说起来,你估我资产大约短少 3 万镑吗?

贝兰脱　至于那件事体,你估计你的负债与我所估计你的债款,我
　　　　　一定可以指出也是不对。

钱尔特　(安静)唔,当然不对!

贝兰脱　譬如莫来承认划出一部分资产给你当作份额。

钱尔特　不要再详详细细!我的负债总数是多少?

贝兰脱　让我看。依你计算,你的负债总数 7 万镑。依我计算 7 万
　　　　　镑——精密地计算 79 320 镑。

钱尔特　这样大约我短少——

贝兰脱　大约 39 400 镑,或者整数 4 万镑。

钱尔特　唔，我定要整数啊。

贝兰脱　所以你的清单与我的清单不同的地方你说多于 2 万镑，我说短少 4 万镑。

钱尔特　很感谢你——你知道我对于这件事情全般的意见吗？（贝兰脱看着他）我同一个疯子在这间房里。

贝兰脱　有时候我也有同样的意见。——你囤积法国的木头我没有算进。你自己也忘记计算在内。这件或者稍微有点不同。

钱尔特　这事没有多大重要！我常常听到人家说你硬心、无情。但是从你为他们所做的账目看起来，这句话大概可信。我不知道我为什么不早早赶你出去这间房子；但是你现在还是好好地出去吧！

贝兰脱　要走我们两人马上就走。但是未走之先，我们要讨论这座房子移交破产接收者的问题

钱尔特　哈，哈，哈！让我来告诉你，现在接到一个电报，说款项已筹好，所筹的款项不仅可以弥补债款，并且可以作各方活动之用。

贝兰脱　这个电报明明是假造的。

钱尔特　你是什么意思？

贝兰脱　宴会噪声的结果就是一声电报。这个电报我也可以利用的。林特先生在船上接到他商号来的电报——我很怀疑你所说的钱是否能够拿得到。

钱尔特　这是不对的。你没有胆量做那桩事情。

贝兰脱　这些事情同我所说的是一样的。

钱尔特　给我这张清单，让我再看一看。（伸手去拿）

贝兰脱　（拿起来）恕恕我！

钱尔特　你胆敢留下我自己写的清单吗？

贝兰脱　是的，并且放在我的袋中（放在袋中）。一张假的清单有日子、
　　　　有图章。——那是一件重要的文件。

钱尔特　你决要破坏我的公司名誉吗？

贝兰脱　为那件事体，你费了许多时间。我知道你的地位。一个月
　　　　以前我同你各处产业有关系的地方通信。

钱尔特　一位诚实的人做出这样卑鄙欺骗的事情！一个月来我被侦
　　　　探四面包围！这些银行同我商业相知的奸谋！一条蛇爬到我家
　　　　里延到我账簿上！但是我必定打破这个阴谋！你要看看用卑鄙
　　　　手段破坏我有名的商号。什么意思？

贝兰脱　现在没有时间说些好听的话。你打算马上交出财产吗？

钱尔特　哈，哈！我交出财产，因为你一片小小的纸使我破产！

贝兰脱　我知道你一个月来瞒住这些事情，但是为你起见，尤其为
　　　　别人起见，我恳切地忠告你即刻结束这件事体。这是我到这里
　　　　来的缘故

钱尔特　嘎，真话说出来了！你假装很友谊地到这里来排解纠纷。
　　　　我们分别过健全与不健全的商号，并且你很客气地要求我帮助
　　　　你这件事情！

贝兰脱　说实在的。不过除出你的商业同你商业有关系的，这里还
　　　　有不健全的事体，那是没有问题。

钱尔特　（这时候他抑制住自己）所以你心藏诡计到我家里来破坏我
　　　　吗？

贝兰脱　我要反复地说，我不负你破产的责任，你自己负这个责任。

钱尔特 我所反复地说，我的破产久存于你的意想之中！一月内许多事情要发生，我总想出方法解除许多困难。

贝兰脱 就这么说，你假得愈加厉害。

钱尔特 只有商人懂得这些事情。假使你真懂得，我或者同你说"给我2万镑，我可以救济全局。"那是你伟大权力所做有价值的事情，那是你有洞悉判别事实真相的令名，因为你这样办，你可以保护1 000多人的幸福并且保险将来全境的昌盛！

贝兰脱 我不受那种引诱。

钱尔特 （默想了一会儿）你要我向你解释2万镑整理债务吗？3个月内汇款可以寄到。我结束债款给你看，清清楚楚如同白日。

贝兰脱 ——那就是你从一个个幻象消散跌下来！那就是你过去3年所做的事情。

钱尔特 因为过去3年很不好的,可怕的3年！但是现在情形不同了，否极泰来。

贝兰脱 那是个逃债的人所想的。

钱尔特 不要驱赶我到绝望的地方！在这3年之内，你想我怎么样？你想我能做什么？

贝兰脱 更加虚伪。

钱尔特 当心！这是实在的我站在危崖之上。这是实在的。我在这3年之中，努力奋斗，以救危局！在这次奋斗中我也做过惊人的事，那是应得的酬报。现在你有无限的权力；人人都信任你。你应实行你所负的使命；不要让我一定要告诉你！我现在切实地告诉你，假使这几百人被你不要紧地弄得倾家荡产，那是一件很可怕的事情！

贝兰脱　我们不要谈这些事情。

钱尔特　不，假如我不继续奋斗，无意识地交出产业，魔鬼也来捉我。

贝兰脱　那么，你怎么完了这件事情？

钱尔特　对于这件事体没有终局，我心里没有反复想过——几千次，我知道我所应做的事情，我不愿做一目标为小小村人所讥笑，又不愿为妒我的乡人所心快！你看啊！（说话愈加激动）在这种情状之下，你不帮助我吗？

贝兰脱　不。

钱尔特　你一定要我交出财产，现在在这里吗？

贝兰脱　是的。

钱尔特　堕落地狱！你敢做吗？

贝兰脱　是的。

钱尔特　（过于激动，失了嗓音，忽然之间，破声低语）你决不知道失望是怎样！——你不知道我所受的痛苦！——但是最后的时机一到，我办公处有一个人同我共受患难，这个人现在应该救我，但是他不来救我。

贝兰脱　（靠到椅中）这才是动人心的。

钱尔特　不要再开玩笑；你应代为惋惜；（从衣袋里拿出钥匙，房中各门一齐锁起来；于是再开写字台的锁，取出手枪）你打算我有这所房子多久？

贝兰脱　我想，自从你买这所房子以来。

钱尔特　为什么你想我买这所房子？——你以为我当过村庄的主人，这区域的伟人之后，忍受破产的耻辱吗？

贝兰脱　你忍受耻辱好长久了。

钱尔特 害我救我之权，操诸你手。你这样的行为将来没有人哀怜你——没有人哀怜你。你报告银行一年给我 1.4 万镑——我不要更多——我可以救济全局。你切实地想一想！想我的家庭，想想我的商号开办得长久，想想跟我的人，假使我破产了，他们也要破产，不要忘记想想你自己的家庭！假使你不答应我的要求，我们两人不能生出此门！

贝兰脱 （指手枪）子弹装了吗？

钱尔特 （指头放在弹机）时候一到你可看到。现在你必定答应我！

贝兰脱 我有一个提议。你先放你自己，后再放我。

钱尔特 （向他走去，以枪对他的头）我要镇定你的机智。

贝兰脱 （起来。从袋里拿出一张折好的纸）这是正式地把你的财产交给破产接受者。假使你签字，你对于债主，你的家庭，对你自己都尽了义务，放我放你自己不过于别人再加一点谎话。放下手枪，拿起笔来！

钱尔特 决不，我久已决定。但是你要答应我呀！

贝兰脱 你怎么做都好。但是你不能恐吓我，使我被骗。

钱尔特 （放下手枪，退后一步，再举手枪，向他瞄准）很好！

贝兰脱 （向钱尔特走去，直视他的眼睛，钱尔特勉强放下手枪）你以为我不知道一个人心里为恐惧与虚伪所震颤，有许多计划而不敢做吗？你不敢做这件事体。

钱尔特 （愤怒）我给你看！ （退后，再举起手枪。）

贝兰脱 （跟他）放，你可以听到枪声——我想，那是你所渴望的！否则，你抛弃放枪的心思。想想你所做的事体！你自己承认，不要说话！

钱尔特 不；愿魔鬼来捉你我二人。

贝兰脱 这匹马呢？

钱尔特 这匹马吗？

贝兰脱 我的意思就是这匹高大而华丽的战马，你从莫来变卖财产得来的，你骑在马上跑回家来。你最好让人在马上射死你——射死你在所说你的最后而伟大的一片商业二心上！（走近他的旁边，更沉静地说）或者你自己不要说谎，你的破产比你的富裕更有福祉。（钱尔特把他的手枪丢在地上，坐在椅中，忽然流泪。静默了一忽儿）在这 3 年之中你努力奋斗。我不信有人如你这样的努力。但是这次你失败了。对于最后的交置与你所受的痛苦，不要畏葸退缩。

钱尔特 （放声痛哭，两手蒙面）唔，唔！

贝兰脱 对于这件事体，你责备我的办法不对，但是我不责备你的办法不对。（一停）不过你要仔细看看这种情状，像一个人的样子去办理。

钱尔特 （如先前一样）唔！

贝兰脱 你心中必定讨厌这一切的事体；现在应该设法子解决！

钱尔特 （如先前一样）唔！

贝兰脱 （坐在他旁边，停了一会儿之后）你再不想使你的良心觉得无愧——真的能够同你妻子同居吗？因为我觉得一定的，你久已没有做这件事情了。

钱尔特 （如先前一样）嘎！

贝兰脱 在我的时候，我知道许许多多投机的人，并且接受了许许多多的认罪。所以我知道你这 3 年来所受的损失——没有一夜好好的安息，没有一餐饭吃得舒服，你对于你儿女所做所说的事体亦难得知道，不过除去偶然会集的时候。并且你的太太——

钱尔特 我的太太啊！

贝兰脱 是的，她很辛苦地预备酒席，粉饰富有，她在你家中是一个最苦的人。

钱尔特 我的任劳任怨的好太太呀！

贝兰脱 我觉得这一定是你与她这样受苦，不如做一个低微的工人日日出去谋生。

钱尔特 一千次的愿意！

贝兰脱 那么付还债款反伪归正你还犹豫不决吗？拿这张纸去签字吧！

钱尔特 （跪下来）可怜，可怜！你不知道你所要求我的事体。我的孩子要唾骂我。我刚刚听到一个孩子唾骂他的父亲，我的商业朋友也同我一起倾家荡产——他们许多人——想想他们的家庭，嗄！我的工人怎么样？你知道他们有 400 多人吗？想想他们，再想想他们的家庭，剥夺生计！——可怜呀！我不能，我不敢签字。求求你帮助我！我是很害怕地来恐吓你；但是为那些人起见，我恳求你，那些人比我更加应受此报，我宁愿把我残生所努力的工作奉还他们。

贝兰脱 我不能救你，就是你最小的钱也是属于别人的。你所要求我做的事体，那是对于他们不忠。

钱尔特 不，不！把我的账目布告出来——假使你欢喜，把我付托代托管产业的人；让我继续我的计划，我相信一定成功！头脑清醒的人可以看见这个计划必定成功！

贝兰脱　来，坐下。让我们讨论这件事体。（钱尔特坐下）你现在所
　　　　　提议不是 3 年来所做的事体吗？你错了，但是有什么好呢？

钱尔特　时运不济！

贝兰脱　（摇摇头）你把虚伪与真理混在一道这样长久，所以最简单
　　　　　的商业律你都忘了。不好的时候去投机发财，恰恰给那善于投
　　　　　机的人以好处。别的有经验的人决不做这种事体。

钱尔特　但是我资产集中对于我的债主银行也有利益。

贝兰脱　健全的商号帮助不健全的商号，没有什么利益。

钱尔特　一定的，但是，要免了资本的损失——？

贝兰脱　嘎，或者在接收的人手里，这些财产可以——

钱尔特　（现出有希望的神气，从椅中站起一半）是的吗？唔？

钱尔特　（再坐下来）不等到我放弃管理财产的时候。

贝兰脱　财产本身我敢说可以维持下去，直到好的时候，但是不是
　　　　　依赖借来的钱。

钱尔特　不是依赖借来的钱——

贝兰脱　你知道这点分别吗？

钱尔特　唔，是的。

贝兰脱　好吧。那么，你必定知道你没有什么事情可做，只有签字。

钱尔特　没有什么事体，只有签字——

贝兰脱　纸在这里，来吧！

钱尔特　（唤醒他自己）唔，我不能，我不能！

贝兰脱　很好。但是很短期间破产就要发生，到了那时样样事体比
　　　　　现在还要不好。

钱尔特　可怜，可怜，我不能使我一切的希望付之东流！想想，如

我这样奋斗之后的情状！

贝兰脱　实在地说："我没有勇气对付这样的结果。"

钱尔特　是的，那是实在的。

贝兰脱　"我没有勇气开始笃实的生活。"

钱尔特　是的。

贝兰脱　人啊，你不知道你自己说些什么。

钱尔特　不，我不知道，但请恕我！

贝兰脱　（起来）没有什么只是失望！我代你很忧愁的。

钱尔特　（起来）是的，你一定要这样吗？磨难我呀！我所欢喜的事
　　体要我做呀！告诉我什么——

贝兰脱　无论什么事情，你必先签字。

钱尔特　（坐回椅中）唔！——我有什么面目见人？——我轻视事体，
　　欺骗人家！

贝兰脱　一个人享受不应得的敬礼必遭应得的耻辱。那是常律。

钱尔特　但是他们对于我比对于别人尤其凶狠！我知道，咎有应得！
　　但是我不能忍受啊！

贝兰脱　唔！你是非常坚韧；你这 3 年来的奋斗足以证明。

钱尔特　可怜！一定的，你的机智——势力——能够代我想点法子
　　吗？

贝兰脱　是的。代你所想唯一的法子就是签字。

钱尔特　你可否以私人的合同取我的笔据吗？假使如此，样样事体
　　都是很好。

贝兰脱　签字！单在这里。每一个钟头很宝贵的。

钱尔特　（拿起笔来，但是转向贝兰脱做恳求姿势）以我近来所经过的

事体，你不敢试我吗？

贝兰脱 是的，当你签字之后。(钱尔特签了这张单，坐回椅中，现出非常痛楚的神气。贝兰脱拿了这张单，折起来，放在袖珍簿中)我带了这张单到破产法庭，后到电报局。法官或者晚上到这里来登记财产目录。所以你应该告知你家里。

钱尔特 我怎么可以告知你家里呢？给我一点时候！可怜！

贝兰脱 你愈快愈好——不要说到一切有关系人的利益。唉，我现在事体办了。

钱尔特 不要这样抛弃我！不要抛弃我！

贝兰脱 你要你的太太到你这里来，不是吗？

钱尔特 (顺从)是的。

贝兰脱 (拿起手枪)这个——我不要它。现在它是没有什么危险。但是为别人起见，我要把它放在写字台里。假使你或你家里的人用到我的时候，差人来通知我。

钱尔特 谢谢你。

贝兰脱 我现在不离开市镇，等到最不幸的事体过去之后——记住，白天或夜里用到我的时候，差人通知我。

钱尔特 谢谢你。

贝兰脱 现在你可以为我把这扇门的锁开了吗？

钱尔特 嘎，当然的。恕恕我！

贝兰脱 (拿了他的帽子、外套)你不叫你的太太来吗？

钱尔特 不，我先想一会儿。现在我有这件事体最不好的一部分。

贝兰脱 我相信你有，那就是为什么——(拿了拉铃去拉。)

钱尔特 你做什么？

贝兰脱　我去之前，我要你太太到你这里来。

钱尔特　不要管那种事体！（一个办公室的仆人进来。贝兰脱看看钱尔特）请你的女主人——请我的太太到我这里来。

贝兰脱　即刻。(仆人出去)再会！（走出。钱尔特坐下靠近门边的椅子。）

〔闭幕〕

第三幕

景：与前幕同。

〔**幕启**，钱尔特坐在门旁椅上，所处地位，与前一幕闭幕时候一样。坐了好久，没有移动，忽然站起来。〕

钱尔特 我怎样办呢？她的后面有孩子；孩子后面有工人——还有别的人呢！我没有法子，只好走吧！但是接收财产的人就要到这里来。——我要呼吸新鲜空气！（走到最近的这扇窗）多美丽的一天啊！但是不是为我的。（开这扇窗子往外面看）我的马！不，我不敢看它。为什么马鞍配起来？唔，一定的，我同贝兰脱谈话之后，我的意思。——但是现在景象全非。（他心里所思，走来走去两三次，于是忽然说道）是的，我骑在马上可以赶到外面港口这只外国船！（看他的表）我赶得到！我可以安排之后一切——（停止，听到扶梯脚步声音，吃了一惊）谁在那边？这是什么？

（钱太太走下扶梯，进入这间房子。）

钱太太　你叫我吗？

钱尔特　是的（看着她）你在楼上吗？

钱太太　是的，我在休息。

钱尔特　（怜惜）嘎，你睡着，我惊醒你！

钱太太　不，我没有睡着。（她慢慢地向前走来。）

钱尔特　你没有睡吗？（恐惧地对她）我想你没有——吗？（对他自己）
　　　　不，我不敢问她。

钱太太　你要什么？

钱尔特　我要——（看她的眼睛盯住手枪）我把手枪拿出，你惊骇吗？
　　　　我拿出来，因为要旅行。

钱太太　（靠在写字台上）去旅行吗？

钱尔特　是的，贝兰脱先生在这里，我敢说你知道的。（她不答）商业，
　　　　你知道的。我要出洋了。

钱太太　（颓唐）出洋吗？

钱尔特　不过几天。所以我只带平常用的袋，放了一套换的衣服，
　　　　一两件衬衣，但是即刻就要。

钱太太　你今天袋带回家里，我还没有打开。

钱尔特　那是更好。你给我拿来吗？

钱太太　你现在要去——即刻吗？

钱尔特　乘外国船——由外面港口动身。

钱太太　那么，你没有多余的时间。

钱尔特　你不舒服吗？

钱太太　不大舒服。

钱尔特　患病吗？

钱太太　是的！——但是我要把你的袋拿来。（钱尔特把她扶上楼梯。）

钱尔特　我爱，你今天不好——但是将来会好的。

钱太太　我只祝愿你面上气色好起来。

钱尔特　我们一切的人都挑肩仔。

钱太太　我们两人一道挑得更重！

钱尔特　但是你不知道我的事体——我也没有时间谈谈你的事体。

钱太太　不，——就是那件事体。（慢慢地才走上扶梯。）

钱尔特　我来帮助你吗？

钱太太　不，我爱，谢谢你。

钱尔特　（向前走来）她猜疑吗？她老是那样——我所有一切的勇气都被她拿去了。但是没有别的方法！现在——钱呢？一定的，我这里有些金子。（走到写字台，从抽屉里拿出金子来计算，于是抬起头来看见钱太太坐在扶梯半路上）我爱，你坐下来吗？

钱太太　我暂时觉得一昏。我要上去。（起来慢慢爬上扶梯。）

钱尔特　可怜虫，她是消瘦下去。（宁静）不——5，6，8，10——那是不够。我还要多一点。（搜这张写字台）我钱短少的时候，我有表及表链。20，24——那是我一切所能找得到的。唉，我的纸币！我万不可忘记了。这个地方不是属于我了！她不回来吗？袋一定弄好吗？——唉，怎么这些事体使她受苦！但是我走之后，她或者没有这样子不好。人家或者可怜她同这些孩子。唉，我的孩子！（神完气定）只好让我走吧，走吧！我在那边一样挂念！——唉，她来了。（钱太太慢慢地走下来，带了个袋，分明很重）亲爱，我来帮助你吗？

钱太太　谢谢你，你来拿几个袋吗？

钱尔特　（拿了一袋，也慢慢地走下来）这个袋比早晨还要重。

钱太太　真的吗？

钱尔特　我有纸币放在里边。（打开皮袋）但是，我爱，袋里有钱。

钱太太　是的，——这些金子你平常不时给我的。我想现在对于你很有用。

钱尔特　一笔大款。

钱太太　我不信你知道你给我多少钱。

钱尔特　你知道样样事体。——我爱！（伸开两臂。）

钱太太　汉银！（他们两人抱头痛哭。钱太太低声向他说）我叫两个孩子吗？

钱尔特　（低语）不，不要说——等到后来！（他们再拥抱。他拿起袋）你走到窗边，我骑在马上的时候可以看见你。（闭了袋，匆匆忙忙走到门边，但是停住）我爱！

钱太太　唔？

钱尔特　宽恕我！

钱太太　样样事体！（匆匆忙忙走出去，走到门口，遇到办公室里一个仆人，送他一封信。钱尔特拿了信，这个仆人就走出去。）

钱尔特　贝兰脱寄来的！（站在门口，拆读这封信，手里拿了袋回到房里又读这封信）"我离开你家里的时候，看见一匹马鞍配好的马站在门边。为免除误会起见，我告诉你我已经派了警察看守你家里。"

钱太太　（靠在写字台上）你不能去吗？

钱尔特　不能。（一停。他放下袋，抹拭他的额角。）

钱太太　汉银，我们一块儿祷告吗？

钱尔特　你什么意思？

钱太太　祷告——祷告上帝帮助我吗？（忽然流泪。钱尔特不响。她跪下去）汉银，来呀！你看用尽心机是没有用的！

钱尔特　我很知道的。

钱太太　嘎，紧急的时候，只好试一次。（钱尔特现出情感奋激的样子）你决不！你决不信任我们或上帝！——无论对于哪个，你都不开诚布公！

钱尔特　不要说！

钱太太　但是你白天所瞒的事体，到夜里就说出来。你知道，我们凡人要说话的！我倒在那边醒着，听听你的痛苦。现在你可知道我对于什么事情没有意思的缘故。白天你不信任我，到夜里我睡不着。我所受的痛苦比你还要厉害。（钱尔特倒在椅中，她走到他那边去）你想跑走。当我们恐怕人家的时候，我们只向上帝祷告。假使不是为上帝，你想我现在还活在世上吗？

钱尔特　我曾经跪求上帝，仍归无效。

钱太太　汉银，汉银！

钱尔特　为什么我努力奋斗，上帝不赐福给我呢？现在依然故我。

钱太太　嘎，将来会好。

钱尔特　是的，但是现状非常的恶劣！——

钱太太　——因为这是在我的心中！（一停。范尔鲍克走到扶梯看见别人停着）亲爱，你要什么？

范尔鲍克　（强制情感）从我房里我看见警察看守我们家里。接收的人现在来了吗？

钱太太 （坐下来）是的，我的孩子。可怕的奋斗之后，多可怕啊，只有我同他的上帝知道——你的父亲刚刚送进破屋宣言。（范尔鲍克走上一两步，于是站着不动。一停。）

钱尔特 （不能克制他自己）我想你要同莫来姑娘对她父亲所说的话对我说！

钱太太 范尔鲍克，你不要这样子——只有上帝能评判他。

钱尔特 请你告诉我，我怎样残忍害你！告诉我你不能恕我的理由——（情不自禁）——告诉我我永远失了你的尊敬与你的爱！

钱太太 嘎，我的孩子！

钱尔特 再请你告诉我，你的愤怒与惭愧到了极点！

范尔鲍克 嘎，父亲，父亲！（由房背后这扇门出去。钱尔特想横过，这房子好像跟着他，但是摇摇摆摆走到扶梯，就走不动，手拉着扶梯恐怕跌倒。钱太太坐在椅中停了好久。忽然之间杰克勃逊从外面办公室走进来，所穿衣服同先前一样，不过换了一件外套。钱尔特没有觉到他走进来，一直等到他走到他旁边才知道，于是钱尔特向杰克勃逊伸出两手似乎恳求的样子，但是杰克勃逊直到他面前向他说话，因过于愤怒，喉管塞住，声音都发不出来。）

杰克勃逊 你这个棍徒！（钱尔特退后。）

钱太太 杰克勃逊，杰克勃逊！

杰克勃逊 （不理她）接收的人在这里。酿酒厂里的账簿、单据都拿去了。工作停顿——工厂也是这样。

钱太太 我的上帝！

杰克勃逊 我所负的责任，付出款子要比财产多一倍。（他继续说话，但因为愤怒与情感声音发颤。）

钱太太 亲爱的杰克勃逊!

杰克勃逊 （转向她）每次他告我签字,我不是对他这样说吗? "但是我没有那样多的财产这是不对的。"——但是他常常回答道:"杰克勃逊,这不过是形式上的一回事。""是的,但是不是有体面的形式。"我常常说。他或者说道:"这是商业上形式事体,一切商人都要做的。"我所有一切商业知识都跟他学的,所以我相信他。（感动）他一次一次告我这样做。现在所负的非我一生所能付的。我活着死了都是一个不体面的人。钱太太,对于这件事体,你有什么说的吗?（她不回答。他很怒地转向钱尔特）你听到吗? 就是她也没有话说! ——棍徒!

钱太太 杰克勃逊!

杰克勃逊 （感情激动,声音断续）钱太太,我对你没有什么,只有深切地敬重你。但是,你看,他使我欺骗人家! 为他的名字我破了他们许多人的家产了。你看,他们相信我;犹如我相信他。我常常告诉他们,他处一乡施主,在这样艰难的时候,应该帮助他。现在呢,许多老实的人家被我们的奸谋破产了。那是他使我的! 多残忍呀!（向钱尔特）我能告诉你我想——（举步向他含有恐吓意思。）

钱太太 （起来）为我起见,杰克勃逊!

杰克勃逊 （克制他自己）是的,太太,为你起见,因为我很敬重你。但是,我有何面目见那些可怜破产的人呢? 向他们解释没有用的;那亦不能帮助他们日日出去谋生! 我有何面目见我的爱妻!（感动）她这样相信我并且相信我所信托的那些人。再有我的孩子呢? 对他们尤难,因为他们在街上可以听到许多的话。不久他们可以听到他们的父亲是怎样一个人，所听的话由破产家里孩子那边来的。

钱太太　你自己既然觉得这样艰难，你可以宽恕别人。可怜！

杰克勃逊　我很敬重你，但是这是很艰难的，我家里甚至于所吃的一片面包皮我都不能说是我自己的——因为我所欠的多于我所能付的。现在，我晚上同我的孩子怎么样呢——星期日呢？不，我的意思要他听听我的实话。（转向钱尔特）你这个棍徒！你不能逃避我！（钱尔特恐惧缩退，走到办公室门口，但是在这个时候，接收的人走进来，后面跟着两个书记及萨纳司。钱尔特横过这间房子，摇摇摆摆走到他的写字台背后靠着，转向新来的人）

接收者　（从钱尔特背后走来）恕恕我！请把你的账簿、单据交给我吗？（钱尔特一惊，走到火炉，靠在炉上。）

杰克勃逊　（站在他上面，向他低语）棍徒！（钱尔特离开他，坐在门旁椅上，两手蒙面。）

钱太太　（起来，向杰克勃逊细语）杰克勃逊，杰克勃逊，（他走到她这边来）他决不会有意欺骗人家！他决不是如你所说这样子，决不！（再坐下去。）

杰克勃逊　钱太太，我很敬重你。但是假使他不是一个骗子，说谎话的人，什么事情都没有真理！（双眼流泪，钱太太背靠椅中。两手蒙面。静默了一会儿，然后听到外面一阵噪声。这位接收的人同他的书记停止分头登记，一切的人都抬起头来看。）

钱太太　（害怕）什么事情？（萨纳司同接收的人走到一扇窗子，杰克勃逊走到另外一扇窗子。）

杰克勃逊　这些人都是从酿酒厂、码头、工厂、机房里来的。一切

工作都停止了；但是今天是付工资的一天，——没有工资付给他们啊！（各人再回去做事体）

钱尔特 （失望地走前来）我忘记那件事体！

杰克勃逊 （向他走近）唉，出去，见见他们，他们会使你知道你自己是一个什么样的人。

钱尔特 （拿起皮包，低声地说）这里是钱，但是都是金子。到市镇里把它变换，给他们！

钱太太 是的，这样办，杰克勃逊！

杰克勃逊 （低微声调）太太，假使你要求我，我——皮包里有钱吗？（开了皮包）一切都是一卷一卷，对，他的意思是要跑走！——所带的钱是他人借给他的。然而你还说他不是棍徒！（钱尔特发出呻吟声音。外面噪声愈加响大。）

钱太太 （低声）快一点，否则他们到这里来。

杰克勃逊 我要走了。

接收的人 （插口）宽恕我，这里什么东西都不能拿，等到我们登过了目录之后。

杰克勃逊 今天是发工资的日子，这笔钱备做工资的。

钱太太 杰克勃逊，可以负责，他能谈明这件事体。

接收的人 那是与事实方面有点改变。杰克勃逊是一位正直的人。（在做他自己的事体。）

杰克勃逊 （向钱太太低声说话，充满情绪）钱太太，你听到吗？他称我正直的人——不久，还有人那样称呼我！（走出，经过钱尔特前面，低声地说）棍徒！我再要回来！

接收的人 （走向钱尔特）恕恕我，但是我要求你把私人房间及碗碟橱的钥匙给我。

钱太太　（代她丈夫回答）我的管家同你一道去。萨纳司，碗碟橱的钥匙在这里。（萨纳司向她拿去钥匙。）

接收的人　（看看钱尔特沉重的表情）什么衣件必需品，我们是不要的，不过有价值的珍宝——（钱尔特拿下表链）不，不，你戴着，但是这块表要包括在物单里。

钱尔特　我不想保存它。

接收的人　随你的便。（西纳向一个书记拿回表链）再会！（这个时候西纳同哈马在外面办公室门口，看看所经过的情形。接收的人、萨纳司，同两个书记开右面这扇门，但是门已上锁）这扇门锁了。

钱尔特　（好像从梦中惊醒）唉，当然！（走到门边，把锁开了。）

西纳　（向钱太太这边行过去，跪在她的旁边）母亲！

钱太太　是的，亲爱的。我们审判的日子到了！我的日子到了！我是害怕——害怕我们太弱了。

西纳　母亲，我们怎么样呢？

钱太太　听命上帝。

西纳　我要同哈马到他的姑母那里。我们即刻就走。

钱太太　这是可能的，现在他的姑母不愿意要你。

西纳　亚拉姑母。你什么意思？

钱太太　我的意思就是你是富人之女，你不懂世故。

西纳　哈马，你想亚拉姑母拒绝我吗？

哈马　（想了一会儿）我不知道。

钱太太　我的孩子，你听。在这几个小时之内，你所学的比你一生所学的还要多。

西纳　（恐惧低语）你的意思就是——

钱太太　嘘！（西纳以头埋在她母亲膝部。听到外面的大笑声。）

哈马　（走到最近的窗边）那是什么？（萨纳司经过右面这扇门进来，再走到另外一扇窗门。钱尔特、西纳、钱太太起来）这匹棕色马！他们拿去了。

萨纳司　他们带了这匹马走上阶级，假装拍卖。

哈马　他们亏待它了！（萨纳司跑出去，哈马从台上急取手枪，看看子弹有没有装上）我要——！

西纳　你要做什么？（他起身出去的时候她拉住他，阻止他。）

哈马　让我去吧！

西纳　你先告诉我你做什么，你是否夹在那些人中出去，还是一个人出去？

哈马　是的。

西纳　（两臂抱住他）你不应走！

哈马　当心，这是装好子弹的！

西纳　你带手枪做什么？

哈马　（离开了她，坚决语气地说）我要结果这匹可怜的马！那是给他们太好。无论真的假的，它是不能拍卖的！（走到远的一扇窗门）我在这里可以好好地瞄准。

西纳　（跟他后面，并且狂唤）你不要误打别人啊！

哈马　不，我瞄准很好。（瞄准。）

西纳　父亲！假使他们从这里听到枪声——

钱尔特　（惊起）这座屋子属于我的债主——这支手枪也是！

哈马　我现在不问你的命令！（钱尔特急取手枪。子弹已放出去。西纳呼喊，行到她母亲那边。这时候外面窗门下边听到两声喊声"他们向我们开枪！他们向我们开枪"！于是听到了打破玻璃的声音。石子由窗口抛进来，继以狂呼及卑鄙的笑声。范尔鲍克由外面办公室行进里站在她父亲前面保护他，面朝着窗门。又听到外面喊声"我的孩子，跟我来吧"！）

哈马 （把手枪指着窗口）是的。你试试看！

钱太太同西纳 他们走进这里来了！

范尔鲍克 你不要开枪！ （站在他与窗门中间。）

钱尔特 这是萨纳司同警察呀！（"回到那边去"的喊声听到了；又起了一阵喧闹及响亮的声音；后来吵声减少没有了。）

钱太太 谢谢上帝,我们危险极了。(坐在椅中。一停)汉银,你在哪里?
　　（钱尔特在她后面走来，以手拍拍她的头，但是即刻转过掩饰他的情绪。一停。）

西纳 （跪在她母亲旁边）他们不回来吗？我们离开此地不好吗？

钱太太 到哪里？

西纳 （失声）我们怎么办呢？

钱太太 只好听命上帝。(一停。这时候哈马没有人注意到他，把手枪放在椅上，由房背后这扇门溜出去)

范尔鲍克 （低声）西纳，看！ （西纳起来，房里四面一看，低声而哭。）

钱太太 怎么回事？

西纳 我知道他要走！

钱太太 怎么回事！

范尔鲍克 有钱人家都有顺服的中尉——而我们的中尉离开了我们。那就算了。

钱太太 （起来）西纳，我的孩子！

西纳 （投在她的怀中）母亲！

钱太太 现在再没有假装了。心里不必难过。

西纳 （流泪）母亲，母亲！

钱太太 事体既然如此。亲爱的，你听到吗？不要哭！

西纳 我不是哭！但是我觉得非常惭愧——非常惭愧！

钱太太 我实在惭愧，——我没有勇气阻止我所看得到的事体，我真是笨极了。

西纳 （如先前一样）此后没有人离弃我们；也没有东西给人抢夺。

范尔鲍克 （向前走来。很明显；感情非常激动）是的，有一个人，母亲！我想离弃你们。

西纳 你范尔鲍克？离弃我们吗？你吗？

范尔鲍克 无论怎么样，我们家已破了。我们各人应该自己设法谋生。

西纳 我做什么？我不知道怎么去做事体。

钱太太 （坐回椅中）我这个母亲多不好呀，不能使儿女住在一起！

范尔鲍克 （刚烈）你知道我们现在不能住在一起！你们知道我们不能忍受依赖债主慈悲而生活；我们依赖人家太久了。

钱太太 嘘！记住你父亲在房里。（一停。）范尔鲍克，你打算做什么？

范尔鲍克 （再抑制她自己之后，静静地说）我打算到何思脱先生的事务所，学习商业——维持我自己。

钱太太 你不知道你开始办什么事体？

范尔鲍克 但是我知道我要离开。

西纳 母亲，我要你负担，连累你，因为什么事体我都不能做——

范尔鲍克 你能！出外谋生；就是当一个仆人有什么要紧？不要依赖

我们债主而生活——一天天，一点钟都不要!

西纳 那么，母亲怎么样呢?

钱太太 你的母亲同你的父亲一起住。

西纳 但是我们一切的人都单独吗? 这样子不舒服吗?

钱太太 不，不单独，你的父亲同我一起。(钱尔特向前走来，同她伸出来的手接吻，跪在她的旁边，以面攒在她膝部。她轻轻地拍拍他的头发)孩子啊，恕恕你的父亲。这是一桩好事，你们能够做的。(钱尔特起来回到房的一端。一个送信的人进来送上一封信。)

西纳 (恳切地转过来)他寄来的一封信! 我再忍受不了! 我不要它(这个送信的人把这封信交给钱尔特。)

钱尔特 我再不收信了。

范尔鲍克 (看这封信)萨纳司寄来的吗?

钱尔特 他也寄来!

钱太太 范尔鲍克，拿这封信，读啦! 让我们即刻放心。(范尔鲍克向送信人取信。他交了信走出来。她拆开信，看了，于是感动地读:"先生——自从我少时到你这里服务以来，蒙你种种优待，感激得很，现在我所说的话如有差误，请勿计较。大约八年前我继承了少数财产。我把这笔财产向有利方面去投资，不受经济不定的影响，现在总数达 1 400 镑，奉赠于你，聊报万一。因为我想这笔款项终久要送给的，并且你利用这笔钱的好处几倍于我。假使你要用我，我情愿将来也同你一道做事。请你恕我利用这个时机表示殷勤，我别无他意。——你的服从的仆人萨纳司谨上。"范尔鲍克读这封信的时候，钱尔特慢慢地走上前来，站在他的太太旁边。)

钱太太 汉银，你虽然平常帮助别人不少，但是在这个时候，只有一个人来救你，你一定觉得你也有人来酬报你。（钱尔特点点头，再走到房的后面）你们这些孩子——你们有没有看见这个人救济你父亲多忠心吗？（一停。西纳站在写字台旁边，哭着。钱尔特在房的后面很不安宁地走来走去好几次，于是走上楼梯。）

范尔鲍克　我要同萨纳司说话。

钱太太　是的，亲爱，去吧！现在我不能够；我觉得一定的，你父亲也不能够。你去同他说吧！（起来）来，西纳，我同你谈一谈，现在你要诚心同我谈——我们那时真心一道谈话过呢？（西纳走到她那边）你父亲在哪里？

范尔鲍克　他到楼上去了。

钱太太　（靠在西纳臂膊上）他去了。一定的，他想去休息——虽然那件事体是很难的。今天是可怕的一天，但是一定的，上帝要使得我们好起来！（同西纳走出去。范尔鲍克走到门的后面摇铃一个信差走进来。）

范尔鲍克　假使萨纳司先生在那边，请他即刻到这里来。（信差出去）他听到是我叫他，他或者不来。听，是他来了！（萨纳司走进来，一看见范尔鲍克就停住，慌忙把他的两手放在背后。）

萨纳司　范尔鲍克小姐，是你叫我吗？

范尔鲍克　请进来。（萨纳司胆怯地往前走几步。范尔鲍克亲切的声气说话）进来！（萨纳司再走进房里来。）

范尔鲍克　你写了一封信给我父亲。

萨纳司　（停了一会儿）是的。

范尔鲍克　这是慷慨的赠予。

萨纳司　（如先前一样）嘎，唔，这是自然的，我应该这样子。

范尔鲍克 你这样想吗？我觉得并不是这样。这是奉赠人的荣誉。（一停。）

萨纳司 我希望他有接受的意思吗？

范尔鲍克 我不知道。

萨纳司 （忧愁地停了一会儿）他没有意思接受吗？不——我想不至于。

范尔鲍克 我实在不知道。这桩事情在于他是否有胆量。

萨纳司 他是否有胆量吗？

范尔鲍克 是的。（一停。）

萨纳司 （明显地很怕范尔鲍克）范尔鲍克小姐，你还有什么命令？

范尔鲍克 （微微一笑）命令吗？我不是给你命令。——你提议将来同我父亲一道住。

萨纳司 是——假使他愿意我，我就这样说。

范尔鲍克 我不知道。那件事情，只有他、我母亲同你3人；另外没有别人。

萨纳司 真的吗？那么，别的人怎么样呢？

范尔鲍克 我不知道我的姊妹意思到底怎么样——但是我今天要离开家庭。

萨纳司 那么，你将——

范尔鲍克 ——去谋书记的事情，不过你在我父亲那边稍微寂寞一点。（一停）我想那样情状你没有想到吗？

萨纳司 不——是的——就是这样说，那时候，你父亲更加需要我。

范尔鲍克 实在的他要愈加需要你，不过你的财产与他的财产混在一起，什么一种希望呢？你知道将来是没有一定的。

萨纳司 什么一种希望?

范尔鲍克 是的,少年人前途总有希望。

萨纳司 是的——当然的,就是这样说,起初的时候他是很困难的。

范尔鲍克 但是我想到你。你将来一定有计划吗?

萨纳司 (困恼)我真不愿意谈论我自己的事情。

范尔鲍克 但是我要——那么,你有事情瞒住吗?

萨纳司 唉,——假使我告诉你——我有几家亲戚在美国,久已要
我到那边去,他们家里还好。我在那里可以得到好的事情。

范尔鲍克 真的吗?——你为什么老早不到那边去? (萨纳司不答)
你同我们一道住,你牺牲你的利益吗? (萨纳司仍旧不作声)你
留在这里真受了极大的牺牲——

萨纳司 (非常悔恼)我决不会想到那种事情。

范尔鲍克 但是我父亲不至于收你这样许多东西。

萨纳司 (惊骇)怎么不要?

范尔鲍克 因为太多了——无论怎样我要阻止他。

萨纳司 (差不多恳求的样子)范尔鲍克小姐,你吗?

范尔鲍克 是的。你再不要误用了。

萨纳司 误用吗?我还愿望什么?

范尔鲍克 我同我父亲谈过这件事情之后,我想他知道我的意思。

萨纳司 (恳切)你什么意思?

范尔鲍克 (沉思了一会儿)我的意思,你为我们极大牺牲的理由——
现在还要大牺牲的理由。(一停。萨纳司垂了他的头,两手蒙面,
忽然之间,把手放在背后。范尔鲍克以温和坚决的声调,继续地说)
我一生教训我自己。看看人家的行为言语,知道他们的动机。

萨纳司 （寂静地没有抬起头来）你教训你自己太苛刻了，太难了，太不对了。

范尔鲍克 （起来，但是神闲气定，温文地说）萨纳司先生，不要那样。这并不是残忍或者苛刻使我想到你的将来——使我想免了你的失望。

萨纳司 （痛哭一声）范尔鲍克小姐。

范尔鲍克 你自己认真地想一想，你知道我刚刚所说的意思。

萨纳司 范尔鲍克小姐，你还有命令吗？

范尔鲍克 我已经告诉你了，我没有命令给你。我不过向你告别。我很谢谢你对我很好——并且对我们一切的人都很好。萨纳司先生，祝愿你好运，再会。（萨纳司鞠躬）你不握手吗？唉，我忘记了——我冒犯你。请你恕我。（萨纳司鞠躬，转去就走）来，萨纳司先生——让我们分别，至少如朋友一样！你到美国，我到不相识的人群之中，让我们祝愿彼此佳好。

萨纳司 （感动）再会，范尔鲍克小姐。（转去就走。）

范尔鲍克 萨纳司先生——握手！

萨纳司 （停住）不，范尔鲍克小姐。

范尔鲍克 不要待我无礼。我不应得那样子。（萨纳司再转去就走）萨纳司先生！

萨纳司 你或者染污我的手指，范尔鲍克小姐。（很倨傲地走去。）

范尔鲍克 （尽力抑制自己）嗄，我们现在彼此都得罪了。但是为什么彼此不可以相恕呢？

萨纳司 因为你今天得罪我第二次了——这一次比第一次还得罪多些。

范尔鲍克　嘎，这是太多了，我说话同做事一样因为我不愿假，要免除你将来的失望。这样你叫侮辱你！我倒要知道，我们两人到底谁侮辱谁？

萨纳司　你为我想这些事体，你侮辱我，你有没有看清你忍心破坏我一生最快乐的事业吗？

范尔鲍克　我是无意的。我很欢喜我错了。

萨纳司　（悲苦）你欢喜啊！你欢喜知道我不是棍徒！

范尔鲍克　（沉静）谁说这种事体。

萨纳司　你知道我的缺点，因此你相信我害你做了圈套并且施恩于你父亲不幸的时候，范尔鲍克小姐——！我不能同这样想我的人握手！你既然侮辱我，说我在你面前无禁忌，我坦白地告诉你，这两只手（他把他的两手伸到她那边）红而难看，很忠心地代你父亲做事，他的女儿为两只手开我玩笑！（转去就走，但又停着）还有一句话，要求你父亲坚持到底，不要不幸的时候抛弃他。这是比我将来的痛苦还要厉害。我能照顾我自己。（再转去就走，但又回来）在他那边做事的时候——这是不容易的事体——你的两手如同我两手一样红，一样地做了有成绩的事体，那么，你或者知道怎样损害我，可是现在你不能知道。（他很快地走到外面办公室门口。）

范尔鲍克　（做歪面）什么脾气！（愈加严重）然而，毕竟——。（往他后面看。萨纳司刚刚走到门口，钱尔特从楼梯顶上叫他的声音听到了。萨纳司回答他。）

钱尔特　（走下扶梯）萨纳司！萨纳司！我看见杰克勃逊来了。（慌忙经过这间房子，好像有人追他。萨纳司跟住他）当然的，他再来寻我！我胆很怯，我觉得忍受不住；但是我不能——不是今天，不是现在！我再不能忍受了！阻住他，不要让他进来，我喝苦楚之酒喝到底，但是，（差不多低声说话）不是一口喝完。（两手蒙面。）

萨纳司　他不来；不要怕！　（很快地走出去，有坚决的神气）

钱尔特　这是难的——嘎，这是谁的！

范尔鲍克　（走到他的旁边）父亲！（他恳切地看着她）你可以接受萨纳司赠给你的钱。

钱尔特　（诧异）你什么意思？

范尔鲍克　我的意思——就是，假使你接受他的钱，我不抛弃你，并且同你一道住。

钱尔特　（怀疑）你，范尔鲍克？

范尔鲍克　是的，你知道我要学习事务所的事体，学习商业，我宁愿在你的事务所学习。

钱尔特　（多疑）我不知道你——

范尔鲍克　亲爱，你不知道吗？我相信我在事务所里总有用处。照这样子，你知道，我们可以努力做点事业——得上帝的帮助可以付还债主的款项。

钱尔特　（快乐而多疑）我的孩子！谁告诉你这样好的意思？

范尔鲍克　（一只手臂抱他的头）父亲，恕我从前的疏忽！你看看我来补过！我要尽力地去——做事！

钱尔特　（仍旧一半不相信）我的孩子！我的孩子！

范尔鲍克　我觉得——我不能告诉你——怎么渴望爱，渴望做事（把她的臂抱住他的头颈）。嘎，父亲，我怎样爱你！——我怎么为你办事!

钱尔特　唉!那就是自从你小时以来,我所盼望你的。但是不知怎么我们意见相左,愈弄愈远。

范尔鲍克　不要再谈往事!盼望将来,父亲,盼望将来!想想,"不受经济不定的影响"的这句话——这不是他说的吗?

钱尔特　你也受那句话的感动吗?

范尔鲍克　那就是我们将来的意思!我们自己一切的人有一家——海边一所小房子——我帮助你,西纳帮助母亲——我们第一次知道怎么生活!

钱尔特　这是多快乐呀!

范尔鲍克　只有盼望将来,父亲,盼望将来!同心一致的家庭那是很坚固的!

钱尔特　想想我有这样的帮助!

范尔鲍克　是的,现在我们一齐走到我们的地位——这个地方,从前你是一个人的!现在你有好的神仙四面围着你,你无论看到什么地方,可以看见笑嘻嘻的面孔,忙碌的手指,我们晚上还可以一道吃饭,一道谈天,如我们小的时候一样!

钱尔特　那比什么事情都好!

范尔鲍克　哈,哈!——你知道这是如同雨后小鸟在枝头上唱快乐之歌!这次我们的快乐决不会没有,因为我们有价值的事情可以生活。

钱尔特　让我们到你母亲那边去!这桩事情可以使她高兴!

范尔鲍克　唉!我怎么才知道爱她!今天所发生的事情给我一个教训。

钱尔特　我们一切的人做事就是为她。

范尔鲍克　是的——为她，为她。她现在可以休息了。让我们到她
　　那边去！

钱尔特　我爱，先向我接吻。（他的声音发颤）自从你这样做，已经
　　很久了！

范尔鲍克　（向他接吻）父亲！

钱尔特　让我们到你母亲那边去。（他们一齐走出去的时候,幕就闭了。）

〔闭幕〕

第四幕

景： 3 年之后，在海峡岸上钱尔特新家宅花园里边。花园背后可以看见恬静而有阳光的海，许多船只点缀其间。左面可以看见房子的一部分，从这部分开的窗子可以看见范尔鲍克在写字台上写字。这座花园为赤杨树所遮荫，许多花台摆满房子四周，充满了舒适的空气。两张小花园的桌子，几把椅子放在右面前边。一把椅子远远地放在后面，分明最近有人坐过。幕拉起来的时候，舞台上一个人也没有，但是从开的这扇窗子可看见范尔鲍克。

〔**幕启**，钱尔特推着钱太太走进来，她坐在病人椅子上。〕

钱太太 可爱！可爱的一天！
钱尔特 可爱！昨夜海上水不扬波。我远远地看见一两只轮船驶出去，一只帆船浮沉海面，几只渔船静静地漂浮进来。
钱太太 想想两天以前的暴风雨！
钱尔特 想想三年以前我们所遭受的风潮！夜里我总想着。

钱太太　同我一道坐在此地。

钱尔特　我们不继续散步吗？

钱太太　太阳太热。

钱尔特　我觉得并不热。

钱太太　你是大而强壮的人！我觉得太热。

钱尔特　（拿了一把椅子）那么，你在那边。

钱太太　（拿了他的帽子，拂拭他的额角）亲爱，你是很热。你面色从来没有像现在这样好！

钱尔特　那是你说得好！

钱太太　你的意思，我有许多困难吗！唉，这不过是我的借口，要你把我推到各处。

钱尔特　（一叹）唉，我爱，你是太好了，对于这种事体这样高兴。但是你是我们中鲜有不幸的艰苦痕迹唯一的人。

钱太太　（阻止他）你忘记你自己的白头发吗？那是不幸的符号。但是很美丽的！至于我现在有病，我感谢上帝！第一我没有痛苦，并且我有机会觉得你样样待我非常之好。

钱尔特　那么，你享福吗？

钱太太　是的，我真享福——如我所愿望的。

钱尔特　正是糟蹋你自己还要糟蹋我们吗？

范尔鲍克　（从窗口）父亲，我已做好账目了。

钱尔特　这账目的结算同我所说的不是一样吗？

范尔鲍克　恰恰一样。我可否即刻把它登在总簿上呢？

钱尔特　哈哈！你这样匆忙，你是很高兴吗？

范尔鲍克　一定的！这样好的商业！

钱尔特 你同萨纳司极力劝我不要管他！

范尔鲍克 这样一对的蠢夫！

钱太太 唉，我爱，你父亲是你的主人！

钱尔特 嗄，这是更容易的带少数军队往前进比较带多数军队往后退。（范尔鲍克继续去办事。）

钱太太 我们不干似乎很困难的。

钱尔特 是的，是的——嗄，是的。我告诉你，昨夜我想过那桩事体。假使上帝已经给我所祈祷的，我们现在是怎么一个情状呢？那时我也想到。

钱太太 亲爱，这就是财产的事体，使你心里起了一切的思想吗？

钱尔特 是的。

钱太太 我必定承认自从昨天到市镇里解决这件事以来，我没有心思去想别的事，今天是吉日。西纳现在正在很忙碌地为我们预备小小宴会；我们看看她变成怎么的一个艺术家！她在这里了！

钱尔特 我想我要去看看范尔鲍克的账目。（走到窗边。西纳从屋里走出来，穿了厨司务的围裙，手里拿了一个盆子。）

西纳 母亲，尝尝我的汤！（给她一匙的汤。）

钱太太 聪明的姑娘！（尝这个汤）或者这汤稍微——不，这是很好。你是很聪明呀！

西纳 我不聪明！萨纳司马上就回来吗？

钱太太 你父亲说我们常盼望他来。

钱尔特 （站在窗口，向范尔鲍克）不，等一会儿，我要进来。（走进屋里，看见他在范尔鲍克旁边。）

钱太太 我的小西纳，我要问你事体。

西纳　你吗？

钱太太　你昨天晚上所收到的那封信，里面说些什么？

西纳　哈哈，我已经料到你要问我！没有什么，母亲。

钱太太　没有什么使你痛苦吗？

西纳　我昨夜睡着如抽陀螺一样——所以你自己可以推想了。

钱太太　我是很高兴的。但是你知道我觉得有些事情使你不高兴，就是你所说的那桩事情吗？

西纳　有吗？嘎，就是我常常觉得惭愧的事情；那就完了。

钱太太　我很感谢听这话，因为——

西纳　（阻止她）那必定是萨纳司。我听到轮声了。是的，他到这里来了！他来得很快；半个钟头的时间，饭菜或者预备不好。

钱太太　那没有什么要紧。

西纳　父亲，萨纳司在这里了。

钱尔特　（从里面出来）好啊！我要出去！（西纳走进房子，钱尔特恰恰走出。一会儿后，萨纳司走进来。）

钱尔特同钱太太　欢迎！

萨纳司　谢谢你们！（放下有灰尘的外衣，驾驭的手套在椅子上，于是向前走来。）

钱尔特　唉！

萨纳司　是的——你破产取消了！

钱尔特　结果是——

萨纳司　恰恰如我们所盼望的。

钱尔特　我想恰恰如贝兰脱先生所写的吗？

西纳　正是，不过除了一两桩无关紧要的琐事。你自己可以看的。（给他一束纸）近来提高的价值并完善地办理把全局完全改变了。

钱尔特　（打开纸看看总数）短少 1.2 万磅。

萨纳司　我代你宣告付还那笔款子。但是付款的方法由你自己决定。
　　　　所以——

钱尔特　所以——?

萨纳司　我宁愿付还款子多于仍欠杰克勃逊一半的数目。

钱太太　不实在吗？　（钱尔特拿出一支铅笔，在纸边计算。）

萨纳司　这是大家很满意的——所以他们诚心地恭贺你。

钱太太　所以，假使万事顺利——

钱尔特　是的！假使商业兴隆，萨纳司，12 年或 14 年之内，各人债
　　　　款我都可以付清。

钱太太　亲爱的，我们不能活到那么多年。

钱尔特　那么，我们死于贫穷。我是无怨。

钱太太　无怨，真的！你这荣誉的名字可以留给子孙。

钱尔特　他们可以继承稳固的商业，如果他们愿意去干。

钱太太　范尔鲍克，你听到那句话吗?

范尔鲍克　（从这扇窗子）每一个字！（萨纳司向她鞠躬）我必定进去
　　　　告诉西纳。（离开窗子。）

钱太太　杰克勃逊说什么？——老而诚实的杰克勃逊？

萨纳司　他很受感动如你所预料的。今天他一定到这里来。

钱尔特　（看了这些纸据，抬起头来）贝兰脱先生呢?

萨纳司　他紧随着我来。我代他向你致意并且这样告诉你。

钱尔特　好啊！我们辜负他。

钱太太　他是我们的真朋友。但是谈到真的朋友，萨纳司，我有特

别事体要问你。

萨纳司　钱太太，我吗？

钱太太　这个女婢告诉我说你昨天到市镇里去的时候，你的大部分
　　　　的东西都带去了。有这回事吗？

萨纳司　是的，钱太太。

钱尔特　那是什么意思？（对他的太太）我爱，你并没有告诉我这桩
　　　　事情。

钱太太　因为我想这或者是误会。但是我现在要问这是什么意思？
　　　　你要走吗？

萨纳司　（以指弹椅，分明脑筋昏乱）是的，钱太太。

钱尔特　到哪里？你从来没有说过这件事体。

萨纳司　没有，但是我常常想把财产挣回之后，我的工作就完了。

钱尔特同钱太太　你的意思想离开我们吗？

萨纳司　是的。

钱尔特　但是为什么？

钱太太　你打算到什么地方去？

萨纳司　到美国我的亲戚那边去。我现在慢慢地收回我的资本寄到
　　　　外洋，对于你没有什么妨碍。

钱尔特　我们的合股解散吗？

萨纳司　你知道无论怎么你要再用旧式商号的名字。

钱尔特　那是实在的，但是，这是什么意思？你的理由怎样呢？

钱太太　你不高兴在这里，我们在什么地方可以同你一道呢？

钱尔特　你将来在这里很有希望犹如在美洲一样。

钱太太　我们只可同患难不可同安乐吗？

萨纳司　我辜负你们二位。

钱太太　老天啊，这是我们辜负了你！

钱尔特　——多于我们所能偿还。（斥责）萨纳司！

　　（西纳走进来，脱了烹调围裙。）

西纳　恭喜！恭喜！父亲——母亲！（叫他们接吻）欢迎，萨纳司！——但是你不高兴吗？——现在吗？（一停。范尔鲍克走进来。）

范尔鲍克　什么事情？

钱太太　我的孩子，萨纳司想离开我们。（一停。）

西纳　但是，萨纳司——！

钱尔特　就是你要走，为什么你从前没有向我说过一言半句呢？（向其余的人）他有没有同你们说过？（钱太太摇摇头。）

西纳　没有。

萨纳司　这是因为——因为——我要告诉你我马上就走。否则要走很困难的。

钱尔特　那么，你一定有重大的理由！你碰到什么事情——非走不可吗？（萨纳司不答。）

钱太太　你不信托我们吗？

萨纳司　（胆小）我想我还是走吧。（一停。）

钱尔特　那使得我们更加痛苦——想想你在我们小小家庭之中，万事与共，现在你有心事藏在胸中，不能说出。

萨纳司　不要使我太难！相信我，假使我可以留在此地，我当留住不走，假使我能告诉你们理由，我当说出。（一停。）

西纳　（低声向她母亲）或者他想结婚吗？

钱太太　他一个人同我们一道有什么分别吗？无论哪个人萨纳司所爱的，我们都是亲爱的。

钱尔特　（走到萨纳司那边，以手臂绕他的颈项）假使你不能告诉我们一切的人，请你告诉我们中一个。我们完全不能帮助你吗？

萨纳司　不能。

钱尔特　但是你一个人判断那桩事体吗？照老年人的经验一个人常常不知道别人的忠告怎么可以帮助他。

萨纳司　很不幸地我这样说。

钱尔特　这必定是痛苦的事体吗？

萨纳司　请——？

钱尔特　嗄，萨纳司——我们今天很快乐的，你提起这事，真如乌云遮盖了白日，使我们很不快活。我要失去你了，因为我从来没有失去人的。

钱太太　我想这所房子不可以没有萨纳司！

钱尔特　（向他的太太）亲爱，来啊，我们再不进去吗？

钱太太　是的——再在外面不大好的。（钱尔特把她带到屋里。西纳转向范尔鲍克，同她一道走进去，但是她走近她的房边时候，她低声而哭。范尔鲍克拉住她手臂，她们眼睛彼此遇着。）

西纳　我的心智在哪里？（她走进房子，回头看范尔鲍克同萨纳司。萨纳司情感激动得很，但是一看见范尔鲍克就恢复转来。）

范尔鲍克　（暴躁）萨纳司！

萨纳司　范尔鲍克小姐，你有什么命令？

范尔鲍克　（不看他，转过来，以避他的眼睛）你想离开我们吗？

萨纳司　是的，范尔鲍克小姐。（一停。）

范尔鲍克　那么我们再不能够在同房子里边背朝背坐在写字台上做事吗？

萨纳司　不能，范尔鲍克小姐。

范尔鲍克　那是很可怜的；我这样惯于背朝背做事。

萨纳司　你是很容易地变成习惯背朝别人的——背。

范尔鲍克　唉，别人那是别人的。

萨纳司　范尔鲍克小姐，你一定宽恕我；我并不觉得今天同你开玩笑。

　　（转去就走。）

范尔鲍克　（看他）那么，我们就这样的分别吗？

萨纳司　我想今天下午同你告别。

范附鲍克　（向他走上一步）但是我们的账项不应该先算清吗？

萨纳司　（冷淡）不，范尔鲍克小姐。

范尔鲍克　你觉得我们中样样事体都是对的吗？

萨纳司　上帝知道我不会！

范尔鲍克　但是你想我要责备吗？——这是没有什么要紧。

萨纳司　我宁愿受这责备。但是，无论怎样现在万事都完了。

范尔鲍克　但是假使人家责备我们，究竟哪个认错？你能置之不理吗？

萨纳司　我承认我不理。但是，我已经说过了，我不愿意清算我们中的账项。

范尔鲍克　但是我要清算。

萨纳司　你有许多时间去算。

范尔鲍克　但是，假使有困难的地方，我一个人不能办的。

萨纳司　我想不到你有困难地方。

范尔鲍克　但是假使我想？——假使我觉得错得很多呢？

萨纳司　我已经告诉你了我情愿受一切的责备。

范尔鲍克　不，萨纳司——我不受你的恩惠；我要知道事实。我现在有一个问题要问你。

萨纳司　随你欢喜。

范尔鲍克　怎么我父亲失败之后第一年我们做事很好——或长久一点？你有没有想到那桩事体吗？

萨纳司　是的，我想这是因为我们除了工作以外从来没有谈到别的事体——只谈论商业。

范尔鲍克　你是我的先生。

萨纳司　当你再不要先生的时候——

范尔鲍克　——我们难得彼此说话。

萨纳司　（柔和）不。

范尔鲍克　在我的方面友谊的行迹既然没有人注意到，我还说什么做什么呢？

萨纳司　没有注意到吗？唉，不，范尔鲍克小姐，我注意到。

范尔鲍克　那是我的责罚！

萨纳司　上帝不许我做对不起你的事体。你有原因使你很有名誉；你怜悯我，所以你所做的事体都是这样。但是，范尔鲍克小姐，我不要你怜悯。

范尔鲍克　假定这是感恩呢？

萨纳司　（柔和）我更怕！我有忠告。

范尔鲍克　萨纳司，你必定承认一切事情使得你办事很困难的！

萨纳司　我很承认那桩事体。不过你也必须承认我有很好的理由推测我心中所发怀恩的情感。假使情境不同，我或者使你很讨厌；那是我所知道的。我并无意思在你空闲的时候同你开玩笑。

范尔鲍克　你怎么误会我呢！假使你这样想，你一定知道一位姑娘变成怎么的样子，她惯在外面，因为她义务上的关系，留在家里办事。不过她判断人家，标准完全不同。她平常所欢喜的人，到了要紧的时候，需要才具、勇气及牺牲的精神，她就看不起了；而那些她所看不起的人到艰难的时候，尚能同她在她父亲事务所里办事，她倒反敬重他以为人类模范，——这有什么可惊骇吗？（一停。）

萨纳司　谢谢你说到我。你对我很好。但是你说得太早。

范尔鲍克　（恳切）当你误断我所说的、所做的事体的时候，我怎么说得太早，这是不会的，直到我们彼此误会非常之深使我们分离为止。（转去。）

萨纳司　或者你是不错。我不能回想一切的事体。假使我是错了。我要慢慢找到错的地方使我心安——范尔鲍克小姐，你定要宽恕我，我现在有许多事体要办。（转去，就走。）

范尔鲍克　（心神不安）萨纳司，你既然承认判断我错了，你不想你至少应使我——满意吗？

萨纳司　范尔鲍克小姐，你总是一定的，我把账目清算，你想没有什么了。但是我现在不能办。一切我所要办的就是预备动身。

范尔鲍克　萨纳司，但是你不能预备就走！你的事情还没有做了！就是我所说的——有些事情比那时候还早。

萨纳司　你必定觉得这样会晤延长下去，我是多痛苦呀。（转去就走）

范尔鲍克　但是一定的，我所恳求你的事情你没有办了，不能走的。

萨纳司 那是什么事情，范尔鲍克小姐？

范尔鲍克 有些事情久已发生了。

萨纳司 假使我的权力可以达得到的，你所要求的事体我定给你办的。

范尔鲍克 就是——自从那天以来，你没有同我握手。

萨纳司 你真注意那桩事情吗？

范尔鲍克 （微笑，转过去）你现在能够这样做吗？

萨纳司 （走近她旁边）这是比怪想还要过分？

范尔鲍克 （掩饰她的情感）你怎么问起这样一个问题呢？

萨纳司 因为你到现在从来没有要求我同你握手。

范尔鲍克 我要你的手给我。（一停。）

萨纳司 你当真吗？

范尔鲍克 当真的。

萨纳司 （快乐的声气）你以为这件事件真的有价值吗？

范尔鲍克 极大的价值。

萨纳司 （走上她那边去）好吧，在这里。

范尔鲍克 （转过来，拿他的手）我接受你所赠给我的手。

萨纳司 （面色变青）你什么意思？

范尔鲍克 我的意思就是我做一个人的妻子足以自豪，这个人少时就爱我，只爱我一个人，并且这个人救了我的父亲及全家的人。

萨纳司 唉，范尔鲍克小姐！

范尔鲍克 你宁愿走去不愿把你的手给我；因为我们得到你的帮助——你并没有想到我们是有主权的人。那是太过分了；你既然不说，我要说出来！

萨纳司 （向她跪下）范尔鲍克小姐！

范尔鲍克 我知道你有忠心的本性、精细的心思及热忱的心。

萨纳司 这是说得太过了！

范尔鲍克 我谢谢上帝之后就要谢谢你，使得我现在变成这样子；并且我觉得我一生的爱你，这种爱你在世界上很难找得到的。

萨纳司 我不能回答，因为我难得了解你所说的话，但是你说这桩事体因为我要走了，你代我担忧，并且你觉得你有负于我。（拿了她的两手）让我说啊！对于真理我比你多知道些，心思也比你多用一点。然而你的才能、教育、态度，高出我万万——一个妻子不应该看不起丈夫。无论怎样我很愿人家知道那件事体，不，凡是你所感想的，那是你优美的天性的结果，回想这件事体，使得我奉献我的生命。我知道我一切的痛苦、快乐都由你而来。你这样生活变成自暴自弃；但是上帝知道有许多这样的生活！现在我的负担轻了，因为我知道你的祝福常常在我身边。（起来）但是我们要一定分别——现在就要分别了！因为我在你旁边受不了的，除非你属于我一会儿后，我们就要痛苦。

范尔鲍克 萨纳司——！

萨纳司 （握住她的两手阻止她）我恳求你不要再说什么，你在我上面太有权力；不要用这权力使我罪过！因为这是——极大的罪过——把两个诚实的心放在假的地位使彼此痛苦,或者彼此怨恨。

范尔鲍克 但是让我——

萨纳司 （放了她的手，自己退回）不，你不要骗我。同你一道生活使得我永久忧虑，因为我觉得这是我受不了的。但是我现在同你分别很舒服的。我心里毫无痛苦，将来回想你及过去事件慢慢地变成甜蜜蜜的。上帝祝福你！愿你好运！再会！（很快地向屋里走去。）

范尔鲍克　（跟住他）萨纳司听我的话！（萨纳司拿了他的手套、外套，不管走到什么地方直冲出去，恰好同贝兰脱相撞，这时候贝兰脱后面跟着杰克勃逊。）

萨纳司　请宽恕我！（往右面行出去。）

贝兰脱　你们两人玩盲人打架的游戏吗？

范尔鲍克　上帝知道我们怎样！

贝兰脱　你不要急！我有强有力的证据。（摩擦他的肚皮，笑起来。）

范尔鲍克　你必须宽恕我！父亲在那边。（往左边一指，匆忙地向右边走出去。）

贝兰脱　我们似乎没得到特别客气的招待。

杰克勃逊　我们仍愿这样，贝兰脱先生。

贝兰脱　这桩事体看起来好像是这样。但是什么事情？

杰克勃逊　我不知道。他们看起来好像打架，面孔发红。

贝兰脱　你的意思以为他们看起来懊恼的样子吗？

杰克勃逊　是的，就是这个意思。嗄，钱尔特先生在这里！（向他自己说）老天，他看起来多老呀！（当贝兰脱走前向钱尔特致意的时候，他退到后面，这时候钱尔特刚刚进来。）

钱尔特　（向贝兰脱）我很欢喜看见你，我们小小的家庭常常欢喜你——今年尤其欢喜你。

贝兰脱　因为今年样样事情比往年顺利！我恭贺你付清款项——还恭贺你的决心完全付清所有债款。

钱尔特　是的，假使上帝的意旨，我要——

贝兰脱　唔，事情这样顺利，不是吗？

钱尔特　是的，很顺利的。

贝兰脱　你经过困难，建设商业新基础，并且把这个基础建设得很稳固的。

钱尔特　一桩非常鼓励我的事情，就是我得到你的信任——因此我也得到人家的信任。

贝兰脱　我不能帮助你做什么事情，除非你自己先做了各种事情。但是现在我们再不要说这些事情！——唉，这个地方看起来比去年还好。

钱尔特　你知道我们每年把这个地方改进一点。

贝兰脱　你们在这里仍旧住在一道吗？

钱尔特　是的。

贝兰脱　唔！我要告诉背弃你的人的消息。（钱尔特现出惊骇的样子）我的意思就是你的中尉！

钱尔特　嘎，他啊！你看见他了吗？

贝兰脱　我同他同船到这里来。船上还有一位很有钱的姑娘。

钱尔特　（笑）我知道了！

贝兰脱　老是这样，我并不想得样样事情都是这样子。这就好像我们走到鹿群之中，放了第一次枪后，第二次想打它是不容易的，因为它们总是提防着。

杰克勃逊　（当他们谈话的时候，大胆地向钱尔特说）我——我是一只猪，我是！我知道那样事情！

钱尔特　（拉他的手）唉，来，杰克勃逊——！

杰克勃逊　一只大而粗鲁的猪！——是我知道那件事体。

钱尔特　那是不错！我能告诉你我很喜欢你我之间把许多事情办好。

杰克勃逊　我不知道怎样回答好。你所说的话正中我心！（恳切地握
　　他的手）你这个人比我好得多——我对我的太太说，我说，"他
　　真是一个非常好的人。"

钱尔特　杰克勃逊，除出我们所有快乐的日子以外，什么事情不要
　　记它！酿酒厂事体怎么样呢？

杰克勃逊　酿酒厂！这些工人尽量喝啤酒——

贝兰脱　杰克勃逊这是很好把我送到这里来。我们很有趣地驾车游
　　玩。他真是一个人。

杰克勃逊　（很恳切地低声向钱尔特说）那他是什么意思？

钱尔特　那是你同许多人不同。

杰克勃逊　唉，你知道的，我并不觉得一定是否他坐在车中一路尽
　　管同我开玩笑。

钱尔特　你怎么想这种事情？（向贝兰脱）请到房里来。恕我先走，
　　但是我的太太没有预备迎接客人，因为她自己只能稍微做一点
　　点的事情。（走进屋里。）

贝兰脱　我并不想到钱尔特先生对于我这样好如我所期望的。

杰克勃逊　不是你吗？我并没有留意到。

贝兰脱　或者我错了。我想他的意思要我们跟他进去，不是吗？

杰克勃逊　我知道了。

贝兰脱　你既然把我带到这样远，你必须带我进去到钱太太那边。

杰克勃逊　　先生，我是很愿意为你效劳。我很敬重钱太太——（匆
　　忙）——当然的我也敬重钱尔特先生。当然的。

贝兰脱　是的。咳，让我们进去。

杰克勃逊　让我们先进去。（他急要同贝兰脱的特别步态一齐走路，但

是做不到。)

贝兰脱　我想最好你不要试吧。我的脚步同人家适合是很少的。

杰克勃逊　唉，我想试试看——（他们往左边走出去。萨纳司很匆忙地从右边进来，经过舞台，四面一看，横过前景，背靠一株树上。一会儿范尔鲍克也走进来看见他就笑。）

萨纳司　你看，范尔鲍克小姐；你现在笑我。

范尔鲍克　我不知道我要哭要笑。

萨纳司　相信我，范尔鲍克小姐，对于这桩事情，你是错了。你看事情没有像我看得清楚。

范尔鲍克　今天我们两人之中哪一个错了？——要求恕宥呢？

萨纳司　我知道就是我。但是这是不能的！两心真的结合必须建筑在超过尊敬之上——

范尔鲍克　（笑）在爱情上吗？

萨纳司　你误会我。你同我到社会上去不觉得困恼吗？（范尔鲍克笑起来）你看只有这个意思使得你发笑。

范尔鲍克　（笑）我笑起来因为你把顶不要紧的事当作要紧的。

萨纳司　你知道我是很笨，胆很小——实在的，在那些人之中我是很害怕的，那些人——（范尔鲍克再笑）你看，你免不了笑我这个意思？

范尔鲍克　我们在社会上做事的时候，我或者要笑你！（笑）

萨纳司　（严重）假使你笑，我精神上痛苦得很。

范尔鲍克　萨纳司，你相信我，我太爱你了。所以你有小小短处的地方，我不禁要笑。真的，我常常是这样！假使我们一道到社会上去，我看你遇到困难事情。我如若笑你，你以为我

194

笑中有恶意吗？假使别人笑你，你以为我不拉你的手很高傲
地同你一道到房里吗？我知道你真是怎么一个人，别人也知道
这件事情！谢谢上帝，这并不是不好的事情。世界上的人都
知道的！

萨钠司　你的话使我醉了无力。

范尔鲍克　（热诚）假使你想我谄媚你，我们可以试验。贝兰脱先生
在这里。他在上等社会做事情，他不为社会习气所传染。我们
赞成他的意见吗？不要先告诉他什么事情，我能够使他即刻发
表意见！

萨纳司　（失神）我不要人家的意见，只要你的意见。

范尔鲍克　那是很对！假使你真觉得我的爱情——

萨纳司　（性急）——那是没有什么关系；——只有那样就是在很短
的时候能够教训我一切所缺少的。

范尔鲍克　看看我的眼睛！

萨纳司　（拿她的手）是的？

范尔鲍克　你相信没有什么事情使我见你惭愧啊！

萨纳司　是的，我相信。

范尔鲍克　（感动）你相信我，爱你吗？

萨纳司　是的。（跪下去。）

范尔鲍克　我的爱情足维持我们的一生吗？

萨纳司　是的，是的！

范尔鲍克　那么来同我一道住；我们奉养这两位老人——等他们百年
之后我们来接手。（萨纳司忽然流泪，钱尔特走到窗边，把总簿给
贝兰脱看，抬起头来看见范尔鲍克同萨纳司。）

钱尔特 （靠着窗口，温和地说）范尔鲍克，什么事情？

范尔鲍克 （泰然）萨纳司同我订婚了。

钱尔特 这是可以的！（向贝兰脱，贝兰脱注视账目）宽恕我。（匆忙地离去窗门。）

萨纳司 （情感激动，没有听到什么）宽恕我，这样长久，剧烈地奋斗——我觉得头重了！

范尔鲍克 让我们走进，到我母亲那边去。

萨纳司 （退回）我不能，范尔鲍克小姐——我必须等一会儿——

范尔鲍克 他们到这里来了。（钱尔特把钱太太坐在椅中推进来。范尔鲍克跑到她母亲那边，投在她的怀中。）

钱太太 （柔和）赞美上帝，祝福上帝！

钱尔特 （走上萨纳司那边，拥抱他）我的儿子！

钱太太 那就是萨纳司要去的缘故！唉，萨纳司！（钱尔特把萨纳司带到她那边去。萨纳司跪下，吻她的手，于是起来，走到背后地方，恢复精神。西纳走进来。）

西纳 母亲，现在样样事情都预备好了！

钱太太 所以这里样样事情都好了！

西纳 （四面一看）可不是吗？

范尔鲍克 （向西纳）恕我没有告诉你！

西纳 一定的，你保守秘密！

范尔鲍克 我保守许多年痛苦的秘密——那就完了！（西纳同她接吻，低声同她说说话，于是转向萨纳司。）

萨纳司 （握他的手）现在我们是姊夫小姨吗？

萨纳司 （困累）唉，西纳小姐——

196

西纳　但是你现在不能称呼我西纳小姐，你知道的！

范尔鲍克　你必定希望那个！然而他仍旧叫我范尔鲍克"小姐"！

西纳　唔，无论如何，你们结婚的时候，他不能这样称呼。

钱太太　（向钱尔特）但是我们的朋友哪里去了？

钱尔特　贝兰脱先生在办公室里。他在窗边。

贝兰脱　（在窗边）我同我的朋友杰克勃逊出来恭贺你。（走出来。）

范尔鲍克　（向钱尔特走来）父亲！

钱尔特　我的孩子！

范尔鲍克　假使我们不知道那些不好的日子，我们怎样知道今天快
乐的日子。（他手给她一握。）

钱尔特　（向贝兰脱）让我带我的女儿范尔鲍克未婚夫来见你——萨
纳司先生。

贝兰脱　范尔鲍克小姐，我恭喜你选中夫婿——我恭喜你们全家有
这样的一个女婿。

杰克勃逊　我虽然是一个笨人，我也可以说这个孩子在丁年的时候
就同你相爱——不会太早一点。但是我实在告诉你，我决不相
信你有意嫁他。（大家都笑。）

钱太太　西纳低声告诉我说饭菜凉了。

西纳　贝兰脱先生，我可否替代母亲，要求你带我去吃饭呢？

贝兰脱　（他的手臂给他）荣幸得很！但是让我们的一对新人先走！

范尔鲍克　萨纳司——？

萨纳司　（当他的手臂给她的时候，低声地说）想想你挽着我的手臂！

　　（他们走进房里，后面跟了贝兰脱、西纳及杰克勃逊。）

钱尔特　（他预备把她的椅推进去的时候，俯首在他的太太头上。）我爱，

现在上帝赐福于我们家里。

钱太太　我的爱人呀！

〔闭幕〕
——剧终

附录一　比昂松年表

1832年　诞生于一个牧师家庭，从小居住在挪威尼克。

1843年　求学于莫尔德，从此开始接触斯特尔森、阿斯班尔生与司各特的著作。

1849年　在奥斯陆开始尝试文学创作。

1855年　担任评论员并为多家报社提供评论稿。

1857年　创作出第一部历史剧《战役之间》以及第一本小说《阳光之山》。

1858年　创作出小说《阿恩尼》。

1860年　创作小说《快乐男孩》。

1862年　写完人生中第一个剧本《西格尔特恶王》。

1864年　创作剧本《苏格兰的斯图亚特》。此时丹麦战败，他陷入忧愁。

1865年　在克里斯蒂安尼遏剧院任艺术总监。

1867年　创作小说《渔家女》。

1872年　创作历史剧《十字军骑士西格尔特》。在哥本哈根的演说中强调各国应当和平共处，而非同情与怜悯。

1874年　运用写实主义的手法创作现代剧《主编》与《破产者》。

1875年　隐居农场，成为一位归隐的教士，其间阅读大量的哲学以及教育等方面的著作。

1877年　创作短篇小说《马根希尔德》与历史剧《国王》。

1883年　剧本《挑战的手套》完结，并在同一年写完代表作品《人力难及》，这一部与宗教有关的作品也许会成为挪威文学历史上最具有思考意义的代表作。

1884年　创作出人生第一部长篇小说《库尔兹的家产》。

1889年　完成第二部长篇小说《上帝之道》。

1894年　出版合集《新短篇集》。

1895年　为《人力难及》续写第二部。

1898年　创作著名戏剧《郎格与帕司堡》。

1901年　创作剧本《拉伯雷姆斯》。

1902年　荣获诺贝尔文学奖，同年完成对《大马蹄农场》的创作。

1904年　继续创作剧本，完成戏剧《达格兰尼兹》。

1906年　结束人生中最后一部出色作品《玛丽》。

1909年　写完舞台剧《新酒酿成的时候》。同年6月因中风导致偏瘫，被送往医院救治。

1910年　这位伟大的作家于巴黎离开人世。

附录二　诺贝尔文学奖大系书目

1901 年　　苏利·普吕多姆（法国）　　《孤独与沉思》

1902 年　　特奥多尔·蒙森（德国）　　《罗马史》

1903 年　　比昂斯滕·比昂松（挪威）　　《挑战的手套》

1904 年　　何塞·埃切加赖（西班牙）　　《伟大的牵线人》

1904 年　　弗雷德里克·米斯特拉尔（法国）　　《米赫尔》

1905 年　　亨利克·显克微支（波兰）　　《你往何处去》

1906 年　　乔苏埃·卡尔杜齐（意大利）　　《青春的诗》

1907 年　　拉迪亚德·吉卜林（英国）　　《丛林故事》

1908 年　　鲁道夫·奥伊肯（德国）　　《人生的意义与价值》

1909 年　　拉格洛夫（瑞典）　　《尼尔斯骑鹅旅行记》

1910 年　　保尔·海泽（德国）　　《骄傲的姑娘》

1911 年　　梅特林克（比利时）　　《青鸟》

1912 年　　霍普特曼（德国）　　《织工》

1913 年　　泰戈尔（印度）　　《新月集·飞鸟集》

1915 年　　罗曼·罗兰（法国）　　《约翰·克利斯朵夫》

1916 年　　海顿斯坦姆（瑞典）　　《查理国王的人马》

1917 年　　彭托皮丹（丹麦）　　《天国》

1917 年　　耶勒鲁普（丹麦）　　《明娜》

1919 年　　卡尔·施皮特勒（瑞士）　　《伊玛果》

1920 年　　汉姆生（挪威）　　《大地的成长》

1921 年　　法朗士（法国）　　《泰绮思》

1922 年　　贝纳文特（西班牙）　　《不该爱的女人》

1923 年	叶芝（爱尔兰）　《当你老了》
1924 年	莱蒙特（波兰）　《农夫》
1925 年	萧伯纳（爱尔兰）　《圣女贞德》
1926 年	黛莱达（意大利）　《邪恶之路》
1927 年	亨利·柏格森（法国）　《创造进化论》
1928 年	温塞特（挪威）　《新娘·女主人·十字架》
1929 年	托马斯·曼（德国）　《布登勃洛克一家》
1930 年	辛克莱·刘易斯（美国）　《巴比特》
1931 年	埃里克·卡尔费尔德（瑞典）　《荒原与爱情》
1932 年	约翰·高尔斯华绥（英国）　《福尔赛世家》
1933 年	伊凡·亚历克塞维奇·蒲宁（俄罗斯）　《阿尔谢尼耶夫的一生》
1934 年	路易吉·皮兰德娄（意大利）　《六个寻找剧作家的角色》
1936 年	尤金·奥尼尔（美国）　《进入黑夜的漫长旅程》
1937 年	马丁·杜·加尔（法国）　《蒂博一家》
1944 年	约翰内斯·延森（丹麦）　《希默兰的故事》
1945 年	加夫列拉·米斯特拉尔（智利）　《葡萄压榨机》
1946 年	赫尔曼·黑塞（瑞士）　《荒原狼》
1947 年	安德烈·纪德（法国）　《窄门》
1949 年	威廉·福克纳（美国）　《喧哗与骚动》
1954 年	海明威（美国）　《永别了，武器》
1956 年	希梅内斯（西班牙）　《小毛驴与我》
1957 年	加缪（法国）　《局外人》
1958 年	帕斯捷尔纳克（苏联）　《日瓦戈医生》